如果这是爱你最好的距离

苏玄玄◎著

九州出版社
JIUZHOUPRESS

图书在版编目（CIP）数据

如果这是爱你最好的距离/苏玄玄著. —北京：九州出版社，2010. 8

ISBN 978-7-5108-0584-4

Ⅰ. ①如…　Ⅱ. ①苏…　Ⅲ. ①散文—作品集—中国—当代　Ⅳ. ①I267

中国版本图书馆 CIP 数据核字（2010）第 125451 号

如果这是爱你最好的距离

作　　者	苏玄玄　著
出版发行	九州出版社
出 版 人	徐尚定
地　　址	北京市西城区阜外大街甲 35 号（100037）
发行电话	（010）68992190/2/3/5/6
网　　址	www. jiuzhoupress. com
电子信箱	jiuzhou@ jiuzhoupress. com
印　　刷	北京大地印刷厂
开　　本	880 毫米×1230 毫米　32 开
印　　张	8
字　　数	173 千字
版　　次	2010 年 8 月第 1 版
印　　次	2010 年 8 月第 1 次印刷
书　　号	ISBN 978-7-5108-0584-4
定　　价	26. 00 元

《知己，若邻》

——自序

有时候觉得语言很空乏，说多或说少，我想做到口随心走，但很多时候，事与愿违。

每每那时，灵魂是焦灼的，难受的，欲哭无泪，却又无所避。

唯有找到出口，获取某种方式，于我而言，唯有文字，是的，唯有文字。

它就像空气，给予灵魂的空气。灵魂呼吸着它，才能活着，才能陪伴身体延续。

这也是写字的初衷，单纯地为着心情而写，记录下我想说的话，好的，或者坏的。

很喜欢一首古诗，海内存知己，天涯若比邻。

因为在某天发觉有你喜欢我的字，欢喜着感动着，原来有这么一个你读懂了我的语言，读懂却不排斥。

无论你我隔了多远，就算天涯与海角，那也没有关系。知己者，若邻亦。此时，彼此已站在彼此的旁边，纵然不说话，也已是心领神会。

这，就足够了。

·目录·

如果这是爱你最好的距离

不要把爱情想成你所期望的样子。因为它，从来就是不成形的花火。

1

顾齐总是在凌晨上线。不是没有多余的时间，而是因为YangYang，她只在这个时间出现。

当 YangYang 的头像从他期冀的眸子中亮起，他知道，此刻是凌晨 1 点。

顾齐一直觉得自己是个不抱有太多幻想的男人。现实中，他一帆风顺地经营着自己的事业与爱情。

但是，他迷恋上这样一个女子。一个他没有见过模样，也不清楚声音却能纠缠住灵魂的陌生女子。

这使他感到混沌与沮丧，他不是没有想过离开。可这种想法是软弱的，当每一个凌晨的到来，潜伏在内心深处的喜悦开始明显。他无法自已，习惯性地打开电脑。等待。等待。

顾齐记得很清楚，他们已在这个空间已走过了 600 天。

YangYang，你离我远吗？

远。

那是多远？

很远。

他不知道她在哪个城市。顾齐没有问，因为YangYang曾说过，她想让他知道的，她自然会说。可是他，却愿意毫无保留，竭力，让她了解自己，让她能靠得更近一些。

就算她告诉他了，又会见他吗？他没有把握。如同她说过，幻想与现实的距离是无法跨越的，结果只能是面目全非的疼痛。而这份疼痛，谁也承受不起。

顾齐明白YangYang是个绝对聪明的女人。她知道怎样才能维系这份完整的美丽。

顾齐的网名叫717，最初上网只是想用一种简单的方式填充灵魂的空洞，所以不愿花太多心思在一个ID上。

7月17日是他的生日，于是他给自己取名717。而她说喜欢叫他齐，7与齐谐音。

他也喜欢YangYang这样叫他，他的真名里有这个齐字，所以YangYang这样叫他会让他觉得亲切。他喜欢着她的喜欢。单纯的喜欢。

每天中午，在阳光温暖地洒落在这个城市时，他会利用一个小时的休息时间，到公司对面的咖啡屋去喝上一杯清咖。

那是一家名为Sunshine的咖啡屋。面积不大，布置简单，却很干净。靠近吧台有一面透明的落地玻璃窗，这是他常坐的位置。

当午后的阳光投射在小小的圆桌上，顾齐的心总会荡开丝丝涟漪。有一些莫名的温柔，美好而惬意。

YangYang，我会想起你。

他说这句话时是虔诚的。他点燃一支烟，对着她的头像微笑。

YangYang，我们见面吧。就算是我们不在一个城市，只要你愿意，我会去找你。找到你。

齐，每一个游戏都是有规则的。我们只能遵守游戏规则，否则结局会碎裂得两败俱伤。

但是 YangYang，这并不是游戏，我对你，不是游戏。

齐，你得承认，很多事都是我们无法掌握的。你可以放弃现有的事业到我所在的城市重新起步吗？你可以遗弃你的女友和一个现实中你一无所知的女子从新生活吗？齐，你不能的。如果我是你，我不会这样做。因为这本是一件愚蠢的事。

顾齐想，也许她说的是对的。他的确对她一无所知，他不知道她在哪座城市，不知道她从事什么工作，甚至不知道她是长发还是短发。

唯一知道的，是她比他小四岁，有一个男友，23 岁的她叫苏央央。

2

冬季冰凉的空气将上空那丝懒洋洋的阳光溶解。

顾齐的心情有些低落，他想也许和季节有关。

他朝手心哈了口气，裹紧灰色外套，穿过人流往 Sunshine 走去。

照旧坐在那个位置，照旧喝着熟悉的清咖。

温暖的小屋里，歌声轻轻萦绕。

……过眼云烟，好像每一朵云都是你的抱歉，别说再见，已经没有权利义务再无见面……

顾齐的唇角带着浅浅的笑。他不了解自己为什么想笑，也许是因为笑可以缓解心底正莫名滋生的空乏。

点燃555，深深吸进肺里。

给我一杯清咖。谢谢。

顾齐听到邻座有个女子对waiter说话。

很少有人和他一样有这个嗜好。至少来这里还是第一次遇到。

他微微侧头，目光随之跟过去。

一个很年轻的女子，长发用发圈松松系着，有张素净的略为苍白的脸。也许是因为她的白色毛衣与围巾，也或许是因为她没有刻意修饰的脸刚刚经过室外空气里的冰凉。

他猜想着她的年龄：20？21？或者更小一点？

突然，他又想到了她。

YangYang，你是什么样子的？

齐，你又是什么样子的？

YangYang，如果你见到我，我想我不会让你失望。

齐，你是个自恋的男人。

YangYang，这应该是自信。

顾齐抽着烟对着屏幕微笑。他一直是个自信的男人。他认为，这是优点，对待凡事。

那我就更不敢见你了。YangYang打出个笑脸。齐，我长得不漂亮，见到你我会自卑。

YangYang，你这样说我很难过。

顾齐的生活圈子里有很多漂亮女人，可他却无法在她们身上找到那种想要的感觉，包括他现在的女友。而 YangYang 却能，虽然她一直只存在于网络中，但她让他感到温暖，一种可以慰藉灵魂的温暖。

YangYang，我想爱你，给我一个机会证明。让我可以爱你。

齐，还记得我们上次的谈话吗？要是违反游戏规则，那样的结局我怕我承受不起。

3

第二次见到她时，她依旧坐在邻座，安静地翻阅着一本杂志。

她的长发披在肩上，仍是一张素净的脸。

顾齐从烟雾中看得清她闪动着的长长睫毛。

她啜下一口咖啡，合上书页，微微侧过头。

她向他微笑。

顾齐想大概她感觉到了他的目光。但他颇为诧异的是她提着手袋向他走了过来。然后……

然后，她对你说了什么吗？

她对我说，我可否请她喝上一杯。

YangYang 发过来一个笑脸，那你请她喝的什么？

还不知道。这是让我纳闷的事。我问她想喝什么，料不到她说先欠着，她会给机会让我请她的。最后伸出手让我用笔在她的手心写下了电话号码。

齐，那你当时有什么感觉呢？

感觉？一种琢磨不透的感觉吧。

因为她是个琢磨不透的女人。齐，你很坦率。

YangYang，我从没想过在你面前要隐藏什么。

齐，当一个男人愿意把什么都告诉一个女人时，便已注定他们之间不能有爱情。

他沉默了。

一个琢磨不透的女人。他想起 YangYang 的话。而 YangYang 又何尝不是？

就像，一朵你永远触及不到的云。

4

云？

她对着他肆无忌惮地笑起来。银蓝色眼影在折叠的光线下散发着诡异的色彩。

是的。在我看来，你就是一朵云。顾齐说。

你是个有趣的男人。我听过女人似水，女人像六月天，还很少把女人比喻成云的。那是乌云还是白云？

顾齐困惑地凝视着她带笑的眸子，伸手抚动她耳边的发丝。

这个答案应该你来告诉我。知道吗？现在的你和在 Sunshine 见到的你相差甚远，我很怀疑是不是同一人。

是吗？因为我现在戴假发化浓妆，还是因为你喝醉了看不真切了。

她笑了起来，将头靠近他的耳边，也或许两个都不是我。

说着便一口饮尽了手中那瓶嘉士伯，然后从吧台旁的高脚椅上跃了下来说，我去跳舞了。

从酒吧出来，她显然有些醉了。

顾齐跟在她后面，看到她身体似失去重心地左右倾斜。

我送你回去吧。他说。

她没有回答。嘴里反复哼着一首曲子。

顾齐叹了口气，快速地走上前一把拉住她的手腕。很晚了，我送你回去。

她侧过头，嘴角带着一抹笑意。

你自己回去好了，我又没醉，干吗要你送。

好。他放开她说。我给你叫一辆车，你自己回去。

顾齐向街中心走了几步，准备招手叫停在不远处的出租车。

就在一瞬间，他猛地感到背心多了一份温暖。

因为她就这样跑了过来，不顾一切地伸手环住了他的腰，小小的脸紧紧贴在了他的背上。

别赶我走好吗？今晚，我想和你在一起。

他回过头刚想说话，但却无意地低头望见她凝视着自己的眼睛，忽然间被一种什么东西紧紧地抓住。

顾齐已记不得那家旅馆叫什么名字。他只记得她的吻缱绻地纠缠在他的耳边，她肌肤的温度，她发丝的香味，这一切的一切让他迷乱。

他终于激烈地回应着她的吻、她的身体，她仿似一个漩涡，使他不能自已地下沉、沦陷。

你叫什么？他在恍恍惚惚间问。

她好像没有回答，也或许回答时他已经睡着了。

5

YangYang，我是不是一个很坏的男人？

YangYang，我很焦躁，无法不去自责，我总觉得自己太坏。

好与坏的区别只是站在不同的角度看待而已。齐，这世界没有绝对的好坏。

也许你说得对，YangYang，很多事是我们无法掌握的，顺其自然就是了。

齐，那你爱上她了吗？或者她让你心动？

不。我想没有。在那样的情况下，只是有一些把握不了的……情不自禁而已。

嗯。齐，我想把这首歌听完，你等我一下。

什么歌？顾齐问。

但 YangYang 没做回答。他想也许她听歌入神了，Yang Yang 就是这样一个情感纤细的女孩，她曾告诉他有时候她常常会独自听着一首歌曲流泪。

想到这里，他的心又禁不住变得柔软起来，他真的很想她能在他的身边，他可以握着她的手，让她靠在自己的肩膀，陪着她一起听她喜欢的歌。想着那种感觉，也让他觉得安稳。只是他不知道，她终是在这一刻做了个决定。

当顾齐手中点燃的香烟几乎燃尽时，YangYang 的头像动了起来。

齐，我要结婚了。

顾齐看着眼前这条信息，蓦地怔住了，很快地，心隐隐抽痛起来。

YangYang，你是在向我告别?

齐，人生就像是一场旅行，沿途会经过无数风景，只要看到、并记住最美丽的，这场旅行便没有遗憾了。

YangYang，我明白。

他深知某种结果是必然的，虽然他想努力、想很努力去改变这样的结局。却料不到会如此快地面对这样的结局，他只觉得无措也无能为力。

我爱你，YangYang，我会永远记住你的。不会遗憾。

齐，我也一样。没有遗憾。

随着屏幕的光线消失，她在黑暗中浅浅微笑。

过眼云烟。她不由说道。泪安静地滴落在键盘上。

6

他终于知道她违反了游戏规则。

在她让 Sunshine 的老板转交给他那封信上，她只写了短短的一句话。

齐，那晚你曾问我叫什么名字，其实我回答过，我的名字叫苏央央。

妖精的秘密

1

MOON 酒吧有个即兴节目，抽出两个号，让两桌的客人上台合唱一曲且免去酒水费。

施言与乔喆就是这样相识的。

当晚抽中了 3 号和 9 号桌，独自一人的施言大大方方地站起来走向台去，看到了被几个朋友怂恿着上台来的乔喆。

当乔喆的目光停在施言的脸上时，施言嫣然一笑，我们唱什么歌?

然后他们合唱起那首《甜蜜蜜》，四目相对，眼神流转，俨然一对情侣。

乔喆说这个就叫做缘分。宝贝，你相信吗?

我相信命运早就注定了一切，施言大眼睛透着虔诚的光芒，像个虔诚的信徒，让人毋庸置疑的虔诚，像她的吻一样，没有含糊地落在乔喆的身上，充满着某种力量，使乔喆亦虔诚地相信眼前的这个女人就是上天赐予给自己的，像来拯救自己的灵魂，那个已在婚姻生活里渐渐疲竭干枯的灵魂。

你让我着迷，施言，你是个妖精。

妖精？施言带着魅惑的笑，花枝乱颤间，她神情略微恍惚，她记起曾经的某天，她凝视一对幽黑如墨的眸子，亦说着类似的话，你还真是个妖精。

施言白天的时候似乎无事可做，除了逛街 shopping 就是睡觉，当夜幕降临，她便开始忙碌起来，除了在某个酒吧驻唱，她还需要跑其他场子。

乔喆如果能抽出时间，会专门到她正在唱歌的酒吧去，坐在酒吧的角落，深情地看着她，专注地听着她唱歌。他曾经对她说过，他很迷恋她的声音，不像有些女人那种发腻的嗲，说话时略略地低，唱歌时微微地沙，很性感。

也许是抽烟抽得多的缘故。她有些无奈地告诉他，她曾经很想戒烟，但她知道，像她这样的工作和混迹的场所，想戒烟如同是让人不喝水一样的难。

他能理解她的感受，他不劝阻她抽烟，但他却很反对她做另外一件事情，那就是吃药，一种帮助睡眠的安眠药。

事出有因。那天，乔喆去看施言时，却发现她正在洗手间呕吐，吐得很厉害，脸色苍白如同白纸。

他拥着她，一边心疼地抚她的背以减轻她的痛苦，一边紧张地问她这是怎么了。

她虚弱地笑，是药物反应，这些年熬夜熬多了，黑白颠倒，不到天亮就睡不着觉，下班回来如果时间尚早，就习惯性地吃药让自己能尽早睡个安稳觉。那药本来是属于促进睡眠的，也许是吃的时间长了，才会出现一点副作用，不打紧。

乔喆握着她的手，施言，我不想你这么辛苦，我可以养你。

就这么一句话，让施言的眼泪就下来了，她什么亦是说不出，抽泣中，她把乔喆拥得牢牢的，乔喆乔喆，你对我真好。

2

施言不再到酒吧唱歌，离开了出租屋，搬进了电梯公寓。

她不想辜负乔喆的期望，亦希望日子过得有规律点，不再去周旋灯红酒绿，正儿八经地找个朝九晚五的工作。

然而熬夜的习惯之于施言而言，就如同她顶着的黑眼圈一样，并非一朝一夕就可以改变。

说起这个习惯，倒亦不是之前工作的缘故，它的衍生，还是因为从英国回来那阵难以适应两地的时差反应，当施言尚未从这时差反应中缓过神儿来，没多久又开始在酒吧唱歌，如此，这黑白颠倒的时差反应便衍生成了习惯。

除此，施言亦觉得运气糟透了，她虽在英国待过，但到底是没拿到真资格的文凭。看客眼里，渡金不成，仍是俗人，容不得自己去挑，应征已是处处碰壁。

听施言唉声叹气，乔喆笑着走过来搂她。

施言噘嘴，耍性子生闷气。

乔喆宠溺地掀她的发，哄着她说宝贝，工作找不找得到都无所谓，我同意你找工作，只是想让你打发无聊时间，不想你待在家闷得慌。没事你可以和朋友去逛街买东西，做做 spa，钱不够花就吱个声。

听着乔喆的话，施言抿唇一笑，双手攀上他的脖，撒娇地说人家没什么朋友嘛，就算有，我亦不想无端浪费你的钱，放心，我不会闷，实在无事可做，我可以玩游戏看书什么的打发时间，我会一直乖乖等你来的。

这话听得乔喆一阵心暖，口里沾染着她唇膏的香气，宛如她眸中弥漫的那股子妖媚，叫人无法抗拒。

施言倒不是说笑，她的确没什么朋友，当然，是指可以抵达彼此心底的那种知己抑或闺蜜。

这么多年来，她唯一的朋友只有米佳。而现在，连这唯一的朋友亦是失去了。

很多时候，睡不着的施言会裹了睡衣站在阳台上看星星。看无垠的天际星光点点，施言会想起米佳的眼睛和微笑。

不是因为米佳，施言应该还会在英国继续念书。或许那样，未来于她，又是另一番模样。可是比起米佳，施言毕竟要幸运得多。至少，她还可以选择。

然而米佳呢？她连选的机会都不再有。

三年前的某天，美丽的米佳驱车行驶却意外地撞向防护栏，当场车翻人亡。

施言从英国赶了回来，参加了米佳的葬礼。

那天，一身缟素的她在米佳的墓碑前，站了很久。

直到有人说，你是施言吧？我是晓磊，米佳的朋友。

施言摘下墨镜，我知道，米佳跟我提过你的名字。

晓磊不是个健谈的男子，也许是两人心情的缘故，那晚，他们在晓磊朋友的酒吧里喝酒，除了时不时地说说米佳，几个小时里亦没有什么话可谈，末了晓磊说，施言，你知道吗？我曾问过米佳，友情与爱情，哪个在她心中的位置更甚？她说，如果少了一个人，那么爱情更甚。可是就是因为这个人，爱情只能排其次了。施言，你在米佳心中的位置真的很重要……

施言的眼泪顷刻而出，最后扑在吧台上，泣不成声。

于她来说，米佳又何尝不是一样？没有人可以代替米佳在她心中的位置。

因为，她欠米佳的实在太多。

施言十岁那年，因为父亲的关系，一家人迁居到A城。

作为转校生的她和同班一个叫米佳的女孩子成了好朋友，米佳的家离施言的家不远，两人一起上学，一起放学，渐渐形影不离。

到中学时，一天晚自习后，因为施言赶作业，米佳等她到很晚，两人在携手回家的途中，一个黑影从树丛中窜出来拉住了施言，施言一声尖叫，瞬间被吓得哭起来。

米佳并未有抛下施言于不顾地逃掉，相反，她揪着那人的衣衫，咬着他的手臂，拼命地去救施言。

最后施言逃脱了，米佳却落在了那人手里。

当施言带着人赶到那里时，施言看着米佳破衣滥衫地躺在树丛中，虽然是尚未涉世的小女孩，但有些东西，她已隐隐明白。

没过多久，米佳的父母带着她离开了当地。

几年后，两人再见，都不再是记忆里稚气的小女孩了。

米佳长长的大卷发张扬在肩头，她化着浓妆，抿唇一笑，明艳妖冶。

施言忍不住感叹，米佳，你真是个妖精。

施言本想问米佳这些年过得好不好，却又担心这样问会不会刚好刺到她的痛处。之后，倒是米佳自个儿说起自己的生活来，她说她现在在酒吧唱歌，跑几个场子，收入还不错，男友是搞房地产的，对她亦不错。然后她问起施言，你上次在信里说你准备出国念书去？施言点头，嗯，父亲坚持让我继续念书，其实我倒想找工作了。米佳拍她的肩严肃说，我觉得你爸的决定是正确的，你成绩本来就不错，念书是好事，我还羡慕呢，不管怎样，我支持你。

施言去到英国念书，联系得最多的不是父母，却是米佳。施言说，米佳，等我以后回国了就在你所在的城市找工作，我们两个人可以时常聚在一起侃心事，多好。米佳就说好啊好啊，要是我们都嫁不出去，老了就彼此相依为命吧。

对于这种说笑，施言再去回忆，只剩万般感慨，徒增无限伤悲。

3

在乔喆的眼里，施言可真是个贴心的小情人。床上功夫好，情话说得又窝心，而且站在属于自己的位置上，永远懂得什么是该做的什么是不该做的，绝不让人担心她会乱越界。

这天，乔喆给施言打电话问她干吗呢？施言说正在书店。乔喆笑起来，宝贝，你还真去那地方呢。两人柔情蜜语一番后，乔喆说晚上会过来，施言雀跃地说好，那我待会儿就买菜去，给你做好吃的。

几个小时后，乔喆来到公寓，施言正在厨房里忙活，他看到茶几上的几本书，顺手拿起来看，当看到一本《出埃及记》时不免困惑，这是本什么书？他随意翻翻，内容像是与圣经有关。

正待此时，施言端着盘子从厨房走了出来，乔喆不由问，这个好看么？

施言应道，这个呢，不能用好看不好看来评价，总之我特爱里面的一段话，所以就买了。

乔喆不解，什么话？

先别说这个了，施言笑意盎然地走过来挽住他，宝贝，快来尝尝我的手艺。

餐桌前，施言夹着菜喂乔喆，好吃不？

乔喆拉她坐在自己腿上笑道，想不到我家宝贝这么能干。

施言撒娇说，这俗话不是说嘛，要拴住一个男人，就得要先拴住他的胃。

乔喆将她搂得紧紧的，你早就把我拴住了，拴得紧紧的，逃都逃不掉，而且，我亦不想逃。

施言妩媚一笑，用手指去点他的唇，早知道你嘴巴这么甜，糖醋排骨就不用放糖了。

乔喆叹道，说真的呢，她做的饭菜，我从来都没觉得好吃过，多是食不知味。

听着他的话，施言莞尔。她记得，从初始时乔喆说过他的婚姻让人觉得疲累之外，这是第一次听到乔喆提起她。施言不知道乔喆的太太做的菜是否真的不好吃，但她知道那个女人长得蛮漂亮的，她曾偷看过乔喆手机里的一些照片，只见那女子纤柔的模样，给人一副贤良淑德的感觉，守着这么个美人，乔喆还不满意？那么，到底什么才是他们婚姻里的硬伤？

4

春暖花开。又是一个艳阳天。

施言站在窗口，闭眼感受阳光抚摸皮肤的惬意。在心底暗自算起，她和乔喆认识都快三年了。说起他们初始的日子，自然不会有结婚纪念日那般堂而皇之的价值。这点施言是明白的，就像钻戒之所以让女人们殷切向往，它的意义远远超过了自身的价值，身份的象征，让戴者成为冠冕之王，除此之外的感情，皆俯首称臣，与次品无异。乔喆不会送这样东西给她，她永远只可做次品。

所以，施言从不指望乔喆可以记得某个日子，而事实，眼下这几年，他确实忘记了彼此有那么一个纪念日，施言亦不过是在事后装着偶然提及，然后，乔喆会象征式地补份礼物，施言便会露出很开心的样子，对于这种开心，施言自知姿态而已。

但这次，施言似乎有了一个固执的想法，无论如何亦要乔喆陪她过一个属于他们的纪念日。

几日后，她躺在乔喆的怀里这样说时，乔喆蹙起了眉头。

良久，他说，明天是周末。

婉转的拒绝，施言当然清楚，她沉默着不说话。见她这样，乔喆便俯首吻她的额头，宝贝明天真的不行。

听着他的话，施言委屈地酸了鼻子。

乔喆看着泪水簌簌的施言，霎时慌了神，急急忙忙用手去抹她的泪，柔着声音解释，宝贝你是知道的，周末我必须在家，不然她……

施言吸着鼻子打断他的话，我知道我知道，哪次我是不理解你的？这几年来，哪次非要你陪我过了？

乔喆亦是明白，施言不是个喜欢黏人的小情人，他倒是想陪她，却偏偏是周末。周末不在家，对于已婚男人来说，这可是大忌。

看着施言越哭越凶，乔喆叹气，宝贝，我真的想陪着你，可她在家，我抽不了身。

抽身？施言一听，眨巴眨巴眼，是不是抽得了身，你就可以来陪我了？

乔喆嗯了声，施言破涕为笑，翻身抬臂拉开床头柜的抽屉，拿出一个瓶子，侧过头去对着乔喆摇了摇手笑道，喏，宝贝宝贝，我有办法。

乔喆不解地看她。施言靠向他，媚笑着咬他的耳朵，这个就是以前我常吃那种安眠药片，你明天晚上找机会放几片在她喝的水中，半个小时内就可昏昏欲睡，待她睡着了，你便开车过来，早上再回去，到时候不就神不知鬼不觉，她都不晓得你没在家过夜。

施言说罢笑得更甚妩媚，她压低声音在乔喆颈项吐气如兰，诱惑的声音低低缱绻他的耳畔，宝贝明晚我要和你玩一个游戏，我要告诉你一个秘密。被她弄得心思迷乱的乔喆翻身将她压在身下，俯首轻言你这个鬼精灵，瞬即吻接踵而至。施言喘着气，轻轻搂住乔喆的脖道，记得，多放几粒，我要你一个晚上。

5

房间如死水寂静。施言盘腿坐在沙发上一支接一支抽烟，手机放在身侧。

透过袅袅烟雾，她看着对面墙上的挂钟。看时针一秒一秒地跳，六点，六点半，七点，七点半……

临近八点，手机响起。

半晌，施言终伸手，拿起它靠近耳旁。

施言施言，这是怎么回事，你拿给我的安眠药……她七窍流血……她，她……

电话那端的乔喆，惊慌，恐惧，濒临绝望。

施言浅浅笑起，嘘，宝贝，你不应该这么害怕。

施言漫不经心的语调让乔喆听出端倪，他明白了，她是故意的。

于乔喆来说，这个事实如醍醐灌顶，他当然亦只得怒吼、质问。

有风自窗口而入，吹落一地烟灰，亦吹起一个已是灰烬的名字。

乔喆，那天，米佳支离破碎的样子，是不是比你太太更可怕？

当这句话清晰分明地传进乔喆的耳中，他疯了般的声音瞬间遏制住。

施言牵扯唇角，挂掉电话，重新拨动了一个号码，110吗？你们快到××公寓来，有人要杀我。他疯了他疯了，他居然为了和我在一起杀死了他太太，我要报警，他说要和我同归于尽……

次日。

当地某报的头版：富商痴迷小三毒害结发妻，昔日情人竟成今日指控证人。

6

没有人比施言更清楚米佳的车祸并非意外。

施言得知米佳爱上有妇之夫是在去英国之后的事，一次施言给米佳去电话，喝醉了的米佳在电话里抽抽搭搭地哭诉，施言，怎么办怎么办，我爱他爱了这么多年，为什么他就是不肯给我一个名分，他明明就是爱我的，他说过会爱我一辈子的啊，我想不通我想不通。

那个时候，施言才知道原来米佳之前所说的男友，却是人家的丈夫，他叫乔喆。

如同对待施言一样，乔喆对待米佳亦是相差无几，买车买房，只要米佳喜欢，他都愿拱手相送。当然这种好，说开来，亦不过徒有虚表，无名指的悲哀，米佳自己明白，而旁观者的施言看来亦是一样，若要扶正坐上想坐的位置，是种困难。所以施言总是劝着她放手，然而米佳亦总是说再等等再等等，她相信乔喆是爱她的。

起先说起这话时，米佳是明显底气不足，然而某天，米佳却像是有了十足把握似的说，施言，这次我一定会赢。施言不免困惑地问她怎么赢，米佳很神秘地说，你就等着吧，不会过太久我就该请你吃喜糖啦。

米佳不肯说，施言除了不解之外，更多的却是担心。

一个下午，施言空闲下来又米佳去了电话，她刚开口问米佳睡了吗？米佳说没有，正准备开车出去呢。施言问她这么晚了去哪？米佳说，你猜谁约了我？不待施言回答，米佳又说，是乔喆的太太。

一听这话，施言急急问，她干吗会约你？

谁知道呢？米佳答到，她在电话里说有重要的话要对我说，让我去她的公寓。

施言不放心地说，会不会有事？

米佳安慰道，没事，也许是谈判吧，乔喆说了最近会和她提出离婚。

施言愕然，他怎么会突然要离婚了？

米佳笑道，本来想等事情定下来再告诉你的，这样吧，等会回来电话里我就告诉你。

挂了电话后，施言的心里一直忐忑不安。然而这种不安在一个小时后亦得以验证。

米佳从乔喆的公寓出来后立即给施言去了电话，此时的她满是疑惑，因为乔太太并非和她谈判，米佳连她的面都未见到。当她看到开门的是乔喆时很紧张地对他示意并悄声说，你跟她说了？然而乔喆却问出一句，你怎么来了？

米佳当下一愣，是你太太用你的手机叫我过来，说是有事情要说的。

乔喆亦是同样的表情，她之前出去了，我的手机在充电。

说罢转身去到客厅，结果发现，手机不见了。

两人都不知乔太太葫芦里卖的什么药，如此，乔喆对米佳说，你先回去，等她回来后，我再问清楚。

驱车行驶中，米佳对施言说，你说这女人找我来，自己却不打照面，亦太奇怪了，她是不是约了我以后又觉得如果当着乔喆的面和我谈是一件很丢面子的事？其实我真的只是想坐下来和她好好谈谈，该怎样就怎样，我并不想大家闹得很僵。

施言说，也许是吧，不过凡事多个心……

刚说到这，米佳突地一声尖呼，施言施言，我的刹车失灵了，我的刹车突然失灵了……

米佳，米佳……

施言，是她，一定是她，她……啊……

米佳，米佳……

施言大声地叫着米佳，但随着一声剧烈的撞击声，米佳的手机只剩下忙音。

于乔喆的这段婚姻里，什么才是硬伤？

施言终于明白了。当她参加完米佳的葬礼，与晓磊坐在酒吧喝酒时，晓磊这样说，施言，你知道吗？我曾问过米佳，友情与爱情，哪个在她心中的位置更甚？她说，如果少了一个人，那么爱情更甚。可是就是因为这个人，爱情只能排其次了。施言，你在米佳心中的位置真的很重要，我想，要是她的孩子出生了，你在她心中的位置亦是分毫不减的。

孩子？施言惊愕。

施言忽然明白了，米佳曾经说过，乔喆没有小孩。所以米佳才会想到如何赢，有乔喆的孩子，最终会让她成为冠冕之王，而事实，亦正是因为这个原因，乔喆果真提出了离婚，就此，乔太太亦才会想到了一个疯狂的方法得以挽留她不甘输掉的婚姻，她不仅杀了米佳，还杀了米佳的孩子。

施言俯首吧台前，痛哭失声。施言想，米佳是多么傻多么不值。从米佳出事后，乔喆都没有出现，他是应该清楚自己妻子所做之事的，但是他并未勇敢站出来为着曾经信誓旦旦说爱一辈子的人做该做的事，他却为着自己，让真相成为一个隐匿于黑夜的秘密。

7

以眼还眼，以牙还牙。《出埃及记》里有这么一句话。

与之，我将以烙还烙，以伤害还以伤害，于罪恶的眼睛，释放罪恶，承袭其行，永不撤除。

施言留在了这个城市，烫了头发，化了浓妆，换了名字，在晓磊的帮助下，她开始在酒吧唱歌。宛若另一个米佳，一切按照米佳的生活轨迹而行。不到一年，便与乔喆有了那场在MOON的相遇，当然，这不过是跟踪他摸清他行踪后的一场安排。所以一切，水到渠成。或许，在乔喆的眼里，酒吧的女子又有几个不一样呢？抑或者，他在施言身上看到了米佳的影子，他是真的爱过米佳的。

但这一切，于消失的米佳来说，都已经不重要了。

那晚，当施言与乔喆含情脉脉地对唱时，她在心里这样说，乔喆，我有一个秘密，我的秘密就是，我知道你的秘密。

我们都是傻瓜

1

我叫向书澜，27 岁，乔志初是我的男友，叶小峰是我的干弟弟。

四年前，叶小峰为了一个女孩远走他乡，到了那个女孩所在的城市，却不到一年就分了手，他没有回来，是因为他在那里又认识了新的 MM，就这样辗转情海，四年里换了多个女友。

上个星期，叶小峰就给了我电话，说周三会回来，让我联系个餐厅一起吃饭聚下。一起，是指他会带着新女友倪欣，而我，也要叫上乔志初。我也不好推迟，按叶小峰说的，老早就知道乔志初了，就是只闻其名不见其人，难道我要藏起来不成。我知道他是开玩笑，不过，在四年里他偶尔回来一趟，也总是我见他女友，他却见不到乔志初。

所以我也早早地给乔志初打了电话，告诉他那晚陪我吃饭，顺道也给我干弟弟叶小峰接风。乔志初答应了，不过他又说可能要早点离开，因为晚点他还有点公事要办。我说没关系，他可以先走。

周三。

见到倪欣时，我脑里闪过了花容月貌这四个字。如玉肌肤，浅笑嫣然，这些词儿用在她身上没有半点牵强。

倪欣向我微笑地颔首后，我挽着乔志初的手，给叶小峰和她做介绍。乔志初说，老早就听书澜说过你这个弟弟了，书澜给我讲过很多你们小时候的事情。叶小峰嘿嘿地笑，书澜姐老把我当小孩子，经常欺负我。乔志初但笑不语，叶小峰靠过来悄问我对倪欣感觉如何？我瞪了他一眼，小声说，老弟，你捡到宝了，有这个美人你也可以收心了。

饭桌上，叶小峰畅谈着在 A 城的趣闻趣事，然后我有一句没一句地搭讪着，眼神不由地飘向乔志初，只见他时不时地把手放在桌下悄悄看腕表。

大概过了半个小时，他的手机响起，我忙插话，志初，你之前说还有点事情，要不你先走吧，免得耽搁。他站起来说，好，那你们慢慢吃，以后有时间再聚。书澜，我等会忙完了就给你电话。我浅笑点头。

待乔志初走远，叶小峰看着我，故意掐着指头，说，你男朋友真酷，我算了算他的话好像都没超过五句。我白了他一眼，说，你以为都像你，整个话口袋，永远长不大似的。

说完我发觉有点失言，忙笑着朝倪欣说，倪欣，叶小峰属于外向可爱型的，他初中的时候就有 MM 追他了，我给你曝光他小时候的事情……倪欣一副饶有兴趣的样子，说，好啊，书澜姐你说说看。叶小峰故意咬牙切齿叫，向书澜，你想污蔑我啊。我不知多单纯。你再乱说，我就不认你这个姐了。我说，你敢，居然还叫起我的名字来了，太嚣张了。叶小峰依旧吊儿郎当的样子，伸出手，说，把你手机拿来，给你我的新号。

2

彼时，叶小峰是我从小玩到大的邻居，不过他家搬来时我都念小学了，所以对于那段记忆我还算清楚。那时因为相互的父母有很多共同爱好，譬如两家女人都爱打毛衣，两家男人都喜欢下象棋，所以我们两个小孩子也就有了很多共同爱好，严格说来，是我的爱好，因为那时叶小峰整天都粘在我后面，我玩什么他就跟着一起玩什么，我也很乐意身后有个小跟班，因为这样省去了很多麻烦，做什么都可以发号施令，小孩子从不讨厌听自己话的小朋友。没过多久，在叶小峰父母的提议下，我父母也就自然而然地认了叶小峰为干儿子。

初中时，叶小峰为我打过一次架，原因就是我和一男同学吵架，我吵不赢，然后气急败坏地跑回了家，躲在房间里哭了大半天，后来叶小峰来找我，他说不要哭了，我都帮你揍他了，以后我会罩着你的，没事。

叶小峰说得没错，他的确揍了那男生，不过却不会没事，人家也是独生子，父母自然找到了学校，学校自然又找了叶小峰的父母，后来好说歹说才得以平息，对叶小峰记过处分，他还做了检讨。

那之后我对叶小峰漠视了一段时间，因为我觉得这事是他连累到我的，害得我除了被父母轮番责骂，还委屈地去给叶小峰的父母道了歉。后来，我看在叶小峰对我多次真诚道歉，除了态度真诚外，也买了很多小玩意表示他真诚的份上，我才原谅了他。

上高中时，我听父母说叶小峰的父亲和别人一起搞房地产发了财，结果没多久，他家果真就搬走了，搬到了城市的另一方，是有名的富人区。不过这事并不影响我与叶小峰的友谊。一有时间，我们就会凑在一起。我们一起逛夜市，一起吃着路边摊上的烧烤，叶小峰还骑着单车拉着我，在城市的大街小巷子穿行。

大学毕业后，我第一份工作是在一家星级宾馆总台上班，在那里认识了客房部经理乔志初。

乔志初比我大五岁，性格内敛，做事稳重，算不上英俊，但身上散发着一种让人着迷的成熟魅力。初见他时，我觉得他长得很像“东爱”里的永尾完治。

和他在一起之后，一次我和叶小峰在 PUB，无意提到了乔志初这个名字，叶小峰好奇地追着问，我道出原委，叶小峰说，因为他像那个什么完治，你就喜欢他了？幼稚。我白了他一眼，并不因为他的长相，我是真的喜欢他，他有种成熟男人的魅力。叶小峰握着酒瓶子斜着看我，成熟男人的魅力？原来你喜欢这种类型的。我说，当然，因为我性格本来就偏于内向成熟，所以你不要说我喜欢他是种幼稚的行为，我对他是认真的。他笑起来说，你内向成熟？没有看出来，我觉得你挺暴躁的，脾气够坏，比我女朋友野蛮得多啊。这次轮到我吃惊了，哇，你小子在大学里交女朋友了都不告诉我。他讪讪地笑，你不知道的事情多了，我就要保密。我笑着从他手里夺过酒瓶子，威胁他说，叶小峰，我都已经给你说了，你快点从实招来，不然我们绝交。

我隐约记得，好像就在那之后不久，叶小峰发来信息，说他已随女友去了A城，那女孩子要回去工作了，所以他为了喜欢的女人，离开了这个城市。

3

起先我并不知道叶小峰换号是因为他已经在本地工作的缘故，之前说聚一下，我仍以为是他回本市看他家人，像以往回来一样，看看家人，见一圈朋友，然后又回A城去。

那天下着雨，从公司出来，我看到了开着车来接我的叶小峰。

我坐进车里，问他怎么不见倪欣，因为之前在电话里说来接我一起吃晚饭的。他说，她临时有点事。我说，那就取消这顿饭呗，还劳师动众地开车来。他窃笑，怎么能取消，我今天给你爸妈说去你家吃饭呢，我也不好意思白蹭饭，就开我刚买的新车来接你了。我哼了一声，你不是要回A城，干吗还买车，奢侈。他正言其色说，我不回去了，暂时在这里找了个工作，买辆车方便点。我诧异，你这次不走了？那找的什么工作？他应答，我爸倒是一直叫我去他公司上班，我对那没兴趣，我暂时在一个旅游方面的杂志社做摄影，你也知道我以前学过这个的，摄影本来就是我的爱好。

父母对于叶小峰的到来显得满心欢喜，这晚他完全成了主角。饭桌上，父亲和叶小峰喝着酒畅谈和小峰父母以往的旧事，后来问了一些叶小峰现在的情况。老爸似乎喝多了点，话题又扯到我身上，说我只带过乔志初来过几次，也不知道我是怎么想的，都27了，也该结婚了。老妈也随即跟着发言。对于这些话我倒是听腻了，可叶小峰似乎很感兴趣，还开着玩笑说不如我们干脆选个日子一起办。我故意怒视他，他仍是笑眯眯地看我。

十点，叶小峰起身道别，我拍拍他的肩膀，我送送你。

和叶小峰走出楼梯口，我望着满口酒气的他，说，你喝了不少酒，还是不要开车回去了，等会叫辆出租车吧。他牵动唇角浅笑，突然伸手拉住我的一只手放在他的额上，说，是很烫啊，唉，我喝酒上脸，不过头脑很清醒。书澜姐，你老爸好像很着急你的个人问题，你怎么想的？我缩手瞪他，真三八，我还没想好，你管好你自己吧，倪欣还真不错，你可别辜负了人家。他蓦地趋近来，用难懂的眼神凝视我。我斜着眼睛瞄着他说，干吗？我说的不对吗？他又笑起来，你不是老拿姐的头衔压制我吗，你不结婚我怎么敢结婚？我可是你弟。我嗤之以鼻，什么逻辑啊，那我不结婚你且不是也不结婚了。他吁了一口气，我不怕啊，反正男人四十一枝花，我现在顶多也才花苞，你嘛……他说完窃笑，我一听火大了，怒视他边说边做出扁他的样子，叶小峰见此向外跑去，嘴里还不忘玩笑着说，我还没说完呢，我是叫你不要怕，我不介意多个负担，以后我会养你这个姐姐的……我气得牙痒痒地说，花苞，你给我站住。

4

春天。不知道为什么，我不太喜欢春天，都说春天是充满希望的季节，春暖花开，阳光正好。春天可以踏青，可以到郊外春游，可以挽着所爱的人在阳光下领略那份心暖的温情，可是对于我来说，工作之外，我会显得更加无所适从。乔志初总是说忙，就算一起看个电影也常常看不完整，不是迟到就是中途离场。所以我索性等他主动约我。虽然偶尔会难过，但约会时我又快乐得像个孩子。

有一段时间没有见到叶小峰了，他那份工作是需要到处走的，可他却在电话里说想辞职了，说是以前在外面待腻了，看不到想见的人就觉得心里很空。我安慰他，这个工作你不是很喜欢吗？倪欣会理解的，况且恋人也不一定非得天天在一起。他说，那你和乔志初天天都在一起吗？我顿了顿道，也没有。

一个周末，叶小峰打来电话说有事情要当面说，我懒洋洋地问是什么事，电话里直接说不行吗？他语气坚定，不行，你下楼来，我现在就在你楼下。

我愕然，掀开窗帘，淡淡的街灯笼罩下，果真看到叶小峰的身影。

看到我慢条斯理地从楼梯口走出来，叶小峰迫不及待地迎过来，还没等我开口，已经一把将我拽住，好像生怕我溜了似的。

我依旧一副散漫的口吻，叶小峰，什么事情？这么急的话你可以直接上楼找我啊。他望着我，在昏暗的灯光下，我看到他眼里有种难懂的焦灼。书澜姐，你对乔志初这个人了不了解？我蓦地一惊，你干吗这么问？他顿了顿，我今天和同事去火锅城，在门外碰到他了，他和一个短发女人在一起，很亲密，我打赌那女人和他有私情。我沉默一下说，哦，我知道了，你回去吧。

说完我想转身，他却依旧拽着我，手上加了力，书澜姐，你……你没事吧？我淡淡地笑，放心吧，让我好好地想想。

叶小峰眼里那份呼之欲出的困惑让我实在没办法再和他说下去，也许我这么出奇的平静对他来说是欠缺一个理由，可是我实在不想开口，也许是开口解释起来很困难，因为我和乔志初的感情从一开始就已定格在某个点，要跨越那个点真的是件很困难的事。

那个点就是他的婚姻。

是的，我所谓的男友，其实就是别人的丈夫，叶小峰所看到的那个短发女人就是和他结婚 6 年的妻子。而我，说白了，就是他们婚姻外的第三者。

5

坐在茶艺馆的雅间内，乔志初彬彬识礼地给我倒着茶，他的礼貌让我心里地滋生出一种凉意，我蓦然预感到，似乎有事要发生。

想起从叶小峰告诉我见到他和妻子后的这段时间以来，我给他打过电话他没接发信息他又不回，今天却突然地约我出来，我想这其中必然有原因。

书澜。他翕动唇，叫出我的名字，却又欲言又止。

我平静地看他，不必吞吞吐吐的，你有什么事情直说吧。

他低着头稍作犹豫，然后重新抬头看我，说，我们以后不要再见面了。

我望着他，眼前的这个男人，我爱了四年的男人，从一开始我就明白他不属于自己，虽说早料到会有此一天，可是，当他真的决定离开我时，我的心还是有种被揪痛的感觉，痛得我想掉泪，可是我不能哭，至少不能在他面前像个弃妇般流泪。

控制着心底的起伏，我淡淡地说，你可以直接说分手，怎么？连这点勇气都没有吗？他的眼神黯淡，伸手握住了我放在桌上的手，书澜，我知道对你不公平，可是我真的没有办法，那天小峰那样揍了我，我妻子已经知道了我们的事，她在和我闹离婚，你也知道她的舅舅是很有背景的，如果真的离了婚，我真的一无所有了。

我的脑里轰了一声，我愕然，叶小峰揍了你？他应答，是的，我以为他告诉你了，那晚他遇到了我和妻子，他走过来就拉开了我说我怎么对得起你，然后就给了我拳头。这几天我想了很多，书澜，我真的爱你，可是……你能理解吗？我冷笑，接过了他的话，我理解，你想说，可是我们的感情比起你的事业到底是渺小很多。

我站了起来，继续说，乔志初，其实从一开始我就错了，我说过我并不在乎你有家事，那时我以为我们的感情是很纯粹的东西，是我错了，现在听你说爱我这样的话，我真的觉得很反胃，你这样的人，不会懂得去真的爱一个人，因为你眼里只有你自己。

我不顾他唤，从雅间里迅速地走了出去，深深吸气，不让眼泪滑落。

东窗事发，当然只有明哲保身，对于乔志初来说，我算什么？什么都不是。在这个物欲横流的世界，我居然还天真地相信爱情那一点点微薄的力量。穿梭在喧嚣的街头，当我的思绪渐渐清晰下来，又一种无名的怒火涌上心头，我想到了始作俑者叶小峰。

半个小时后，我在林荫道上看到了匆匆赶来的叶小峰。

五月的阳光静静地透过树叶洒落，在阳光中，那个高高瘦瘦的身影向我靠近，我刹那的恍惚，他就是和我一起玩到大的那个男孩吗？好像我从未注意到他有这么漆黑的头发和好看的微笑。

抬头看他，我单刀直入地说，叶小峰，你是不是揍了乔志初？他的笑容僵在脸上，他告诉你了？是的，我那晚看到他挽着别的女人，一时间很火大，所以忍不住揍了他。我冷冷地笑，那不是别的女人，那是他妻子。就在一小时前，我们分手了。显然我的话让叶小峰很吃惊，但他却很安静地注视着我，没有说话。不知道为什么，我的眼里一下子模糊起来，叶小峰，你不要说我离开他是对的，我告诉你，是他不要我了，就因为你揍了他，现在他老婆知道了一切。我爱他爱了这么多年，年纪越来越大了，你以为我不想结婚吗？可是他不能娶我。我的眼泪开始不断地涌出来，我在模糊中看到叶小峰伸出了手，用他修长的手指拭着我的泪水。书澜，他叫我的名字，似乎是他第一次这么自然而然地没有加上那个姐字。我的语调已经不受控制，叶小峰，我们都不是小孩子了，这不是小的时候，不是说我在学校受了谁的欺负你就可以帮我出头，这个是我和乔志初的事情，我的感情我自己懂得处理，你凭什么要站出来管？当我抽泣着说完这段话时，我明显感觉到叶小峰的手颤抖了一下，对不起，我只想保护你。我伸出手扫开了他的手，你打了他就能保护我吗？爱情伤害的不是身体而是心，你拿什么保护我的心。他再次叫我的名字，并试图拉住我，也许叶小峰还想说什么，我不容置疑地抛下一句话，我不想看到你了。说完这句话，我几乎是奔跑了出去。

6

我不知道自己为什么会说那些话，我似乎是把自己所有的委屈和怒火都发泄到了叶小峰身上，就算不是叶小峰，事情的结果还是会一样，我这样莫名其妙地埋怨他又有什么理由呢？我与乔志初的爱情本来就不可能有什么美好的结果，更何况四年过去，乔志初也已经对我们的关系厌倦了，就连我自己也已经开始厌倦，事已至此，我甚至不敢再去想他到底有没有爱过我，因为答案如此昭然。

我开始后悔了。

三天，五天，一星期，叶小峰像从我世界消失了般，我开始后悔自己对他说的那些话，我说得那么决绝和尖刻，是谁听到也会受不了，更何况，是一个为了想保护我的人。可是，我要怎么开口才能让他原谅我？

时间过得很快，五月的最后一天，意外地接到了倪欣的电话，她说，书澜姐，我有东西要给你。

见到倪欣时，我隐隐地有些奇怪，那个站在不远处等她的男孩，不是叶小峰。

没等我开口，倪欣从手提包里拿出一个小盒子，她说，这个是小峰叫我陪着他一起买给你的礼物。

我不解地接过它，问，小峰呢？我好多天没见他了，打他的手机老是不通。

倪欣垂下眼幕，我分明地看到她掉下一滴泪，瞬间，我有种不好的预感。她说，书澜姐，你一定认为叶小峰是一个很花心的男人，可是，我却从未见过比他更痴心的男人了，他从小就爱着一个女孩，他总是想保护她，他为她打过架，为她做过很多傻事，四年前，他听到她说她深爱上了另一个人，他甚至心痛地为她落下了泪，但是他不敢告诉她，他说他怕一旦说了而遭受拒绝最后连那份根深蒂固的友情都要失去，他谎称自己有女友，为了女友离开了这里，他这样做只是为了想逃离这份深埋心底的感情，他试着去爱过另外的人，但是他却骗不了自己，他那么爱她，远离了四年，他不但没有摆脱反而越来越想念她，所以他回来了，他说就算只是弟弟也好，只要能够见到她。他让我帮忙，让我这个大学同学假装成她的女友，他把一切都告诉我，他的开心与伤心我都看得到，那天他喝了很多酒，他说他太蠢了，为什么不早点知道一些事情，那么他也不至于藏得这么辛苦，就在第二天，他让我陪着他去选了这个礼物，他说他有了一个决定，等他回来在她六月生日的这天他会让她明白。

我怔怔地看着倪欣，顿悟间心里忽然一阵阵地刺痛，我重复着问，小峰呢？叶小峰他在哪？倪欣看着我，说，五月十号他和同事去了四川拍摄。

五月十号？可是，五月十二号那场大灾难就是发生在四川。不，不，我不敢再想，叶小峰一定不会出事，他一定会回来的，为什么倪欣会掉泪？我想看着她，可是，我怎么也看不清楚，我的眼里像是起了雾。

我对她说，叶小峰会回来的。她说，我已经打过杂志社的电话……

没等她说完，我打断了她的话，叶小峰会回来的。

她淡淡地微笑，嗯，书澜姐，叶小峰那天还说过一句话，他说他知道怎么样去保护一个人的心，用爱就可以。

倪欣离开，我打开了那个小巧的盒子，里面是一枚戒指。

我想起我说过，我的年纪越来越大了，你以为我不想结婚吗？

以后我会养你这个姐姐的。耳边，我似乎又听到叶小峰的声音。

我慢慢蹲下，泪如雨下。

傻瓜，我轻轻地说，我知道这不仅在说他，也在说我自己。

我们都是傻瓜。

爱上摩羯座男

1

Surprise！当我打开门随着一声清脆的surprise，花香随即扑鼻而来，一束香水百合出现在我眼前。

此时我的嘴已被这突如其来的surprise惊成了一个O型，秦吟风见此越发地嬉皮笑脸，像个老朋友般熟稔地说着，从我面前大摇大摆地跨进了房门，香水百合喜欢吧，来来来，我给你插好，花瓶呢？

我的思绪开始清晰起来，即刻一阵无名的怒火在心头燃起，我努力控制住语调，尽量平和地问，你想做什么？

他转过身仍然笑眯眯地答，找花瓶啊。

我一把从秦吟风手中抢过花，不用了，花我自己插，你请回吧。

一心想把他撵出去，他却极不知趣地说，真的不用了吗？那你知道水里最好加粒阿司匹林以保……

Shit，废话真多，不容他继续，我极不客气地走到门口，做了个请出的姿势。在我准备毫不留情关上门的时候，秦吟风又突然用手撑住了门，眸子含笑说，那我下次再送花给你，延延。

抛下这句话，秦吟风倒是很洒脱地转身就离去，望着他的背影，估计这一刻我的嘴再次回到了开门那瞬的O型，他是怎么知道我的名字的？

2

我之所以对秦吟风的到来这样意外且带着恼怒，不是因为其他，而是因为我与他之间的关系。

我们的关系说白了放进当下就叫做一夜情，是的，一夜情。

那晚我随便找了一家酒吧喝酒，起先我并不知秦吟风是那里的老板。进去后我直接要了瓶嘉士伯，喝完了一瓶再要一瓶，我知道我不胜酒力，可我想起萧傲，想起白天接的那个电话，我便不顾一切地把酒当水般一口口往喉咙里咽。

我也不记得喝了几瓶子，最后有个人走过来对着我说，小姐，你喝太多了，你已经醉了，还是回去吧。

我摸着发烫的脸抬起头看他，我醉关你什么事，你凭什么叫我走，人家老板都没叫我走。

他微笑，我就是老板，你看店里只剩你了。

他这一说，我环顾四周，这才注意到店里果然只剩我了，我拖起包包，准备站起来，头却一沉身体控制不住地东倒西歪，不禁又瘫坐在椅子上。

他叹一口气道，我给你叫辆车吧。

还未上出租车，我就已经开始呕吐起来，胡乱地打开包包找纸巾，还未拿到纸巾，包里的东西却散落了一地。

还记得是秦吟风帮我拾起那些东西的，然后把我扶进了一辆车里，应该不是出租车，因为是他开的车。

我不太记得到家的时候我是怎么进卧室的，双腿发软的我隐隐感觉是被人抱上了床，待他转身时，我仰起身拉住他不断地说话，然后脑里出现了萧傲的影子，我叫他的名字，狠狠地骂他，然后哭着用手捶打他的胸膛，像是质问他为什么不要我了。

他用温暖的手掌抚着我的头发柔和地安慰我说，嘘，宝贝安静，我不走，我不会不要你。

我笑起来，将唇盖在了他的唇上……

清晨醒来，我抚着昏沉沉的头走进厨房，猛然看到冰箱上贴着一张便签，扯下来一看，上面密密麻麻写着的居然是详细的个人资料：

姓名：秦吟风

年龄：23

婚姻状况：未婚（没有女友）

职业：销售经理（另：和朋友合伙开了那家你去的酒吧）

星座：摩羯座

联系方式：13××××××××××

电子信箱：qinyinfeng@×××.com

Q：5××××××

MSN：qinyinfeng××@hotmail.com

……

我拿着便签扑哧地笑起来，莫名其妙的男人。

这样想着我把便签揉成了一团顺手扔进了废纸篓里。

中午在公司上班时脑子里也总想着他留下的那些字，真奇怪，明明只看了一遍，除了那串号码其他却还记得牢固。反复地回想他的个人档案，便越发地心神不宁。谁都明白这种事情只是一个游戏而已，他为什么要留下这么详细的东西呢？

下班后我急急忙忙地赶回家，从纸篓里找出了那张纸，照着那个手机号，给他发了一条信息：我们只是陌生人，你真的没必要留那么详细的资料，希望以后我们不要见面了。

发出这条信息，我的心中顿觉轻松，我想这件事情也应该算结束了。

不料这种想法却在几天之后彻底推翻，他居然还会给我送花。

这个男人，这个星座中据说是充满耐心和满满斗志的摩羯座男人，他到底在玩什么花样？

3

这是个意外，这个意外源于萧傲。

一想到萧傲，我就有种咬牙切齿的恨，也或者说是不甘心。

从来以为爱情贵在信任，所以萧傲出国攻博士学位时，我是没有丝毫担忧顾虑的，不仅仅是两年前那样，就连接到那个电话之前我也一直对彼此的感情信心十足。

彼时，萧傲是花费了不少力气才把我追到，那时候他对我的好除了让我万般感动，就连身边朋友都是赞不绝口夸其真是绝种好男人，所以毕业后，我才坚定不移地放弃父母为我安排的工作而选择留在此城，可我又哪里会预料到最后提出分手的是他?

当那天他用淡漠的语调说，我爱上了别人，纪延，对不起，我们分手吧。握着话筒的我都完全不敢相信这会出自于那个曾信誓旦旦要和我走完一生的男人的口。

我用一种待嫁的姿态一心等着他那句回国就结婚的承诺兑现，却不料只是一通电话便不留余地截断了曾经种种。

我慌乱而失措地握着话筒，回过神来电话里已经是嘟嘟嘟的忙音了，整个时间不到一分钟，这一分钟如同一把利剑，落剑处真是干脆利落。

爱情也许就是这样，以为已经水到渠成，却忽略会暗生支流。任何东西曾经再怎么觉得好一旦握着手心也就不那么弥足珍贵了，迟早也是抵不过厌倦二字的。何况世界诱惑处处在，如果对着它无动于衷，也就成圣人了。

心里憋着口气我拿着电话拨他手机，座机没人接，手机关机。想必他也早预料我会这样，人在国外，面见不到电话再来个不接，我能怎么着?下午窝着一肚子火，输得极不甘心的我才会没头没脑地窜进酒吧借酒浇愁，如此才会遇到秦吟风。

4

也不知是不是人在倒霉时麻烦总会接踵而至，就在数日后的晚上刚回到家，楼下的住户就找上门，说我家漏水已经渗到楼下去了。

我一看是卫生间的管子坏了，连声道歉，称马上找人来修理好。可回头又犯了愁，时间也不早了加上又是冬天，这一时半会儿的去找谁呢？陡然，我想到了他。

按照常理我不应该找他的，不过说白了还是女人那点虚荣心作祟，能支配一个男人说到底还是会有种满足感，更何况我是个刚失恋的女人，我需要这样一个人来挽回我已丢失了太多的自尊。

果真，秦吟风很快地赶了过来，他出现的速度让我心中涌过一阵暖流。

他脱去外套卷起袖子冲我笑道，你先看会儿电视打发时间，很快就好。

我怔怔地望着他的背影，居然有些感动。

不一会儿工夫，他从卫生间走了出来，调侃道，向领导汇报，工作顺利完毕。

我被他的笑容感染了，也开着玩笑，那感谢了，下属需要什么酬劳尽管说。

秦吟风一脸调皮狡黠的笑，我要你陪我……去吃夜宵。

我侧眼瞪他，好，我请客答谢。

他一下迈到我跟前儿，那不行，这次我做东，你的感谢放以后再说。

从萧傲出国后，我还从未和男人单独吃过饭，金牛座女子好像是铁了心地对待一份感情，只是这种认死理的性格也注定了受挫，离开的总是别人。

你连吃饭也不够专心，我打赌你不是在想工作。秦吟风的话将我的思绪拉了回来，他的眼睛清亮，眼神专注，注视着他我竟有些慌张，我想在这样的眸子下想要编制任何谎言都是徒劳。

我“嗯”了声，视线移开，不想多说。

他微笑，你不知道在一个男人面前想另一个男人是很让他伤心的？

我愕然，随即又有些尴尬，正想着说点其他的，他已把一只龙虾放进我碗里，你就不要替我节约了，千万别说你这个皮包骨似的身材还准备减肥哦。

从餐厅出来，我提了提衣领。

只见秦吟风从脖子上取下围巾说，来，带上。

他低着头将围巾圈上我的脖子。围巾上有着他的温度，仿佛他的温度正缓缓传递开来，一直从肌肤蔓延到灵魂的最深处。

夜里，收到秦吟风的短信。这一看让我忍俊不禁，睡意全无。

他说，我想到你怎么感谢我了，做我女朋友吧，不要拒绝，至少你也应该对我负责，55555555。

其实秦吟风真的不是一个让人讨厌的男人，客观点说，也算是个很吸引女人的男人，只是，刚经历了一场失败感情的我哪里还敢这么迅速地再次谈情说爱。

我想了想，回信，你知道吗，我26了，比你大3岁，女人老得快，所以得找个比自己大的男人才对以后有保障。他回，你没听过吗，女大三，抱金砖，这么带财刚好我又这么喜欢的女人更是不容易遇到，所以我绝对不能错失。我禁不住问，你喜欢我什么？他应答，瘦弱的你脸上却有种让人折服的倔强与固执，让我心动。我叹气再发，也许只是新鲜感，这样很不理智。他又答，太理智的爱情就不纯粹了，纯粹的爱情往往让人失去理智。

真是见招拆招，几句话下来就让我无言以对了。

良久，我才给去一条信息，可是我是理智的，爱一个人不是说爱就能爱的，在我看来，理智地去爱别人是种责任。他回，嗯，我知道怎么做了。

看到他这个几个字后我关掉了手机。这个男人，我该相信他的字字句句吗？

5

不知为什么，我开始想念秦吟风。只要一空闲下来就会想起他来，会莫名其妙地拿出手机，然后怔怔发呆，脑海里频繁地闪过他的脸。

他已经好多天没给我消息了。

失去耐性了？这样想的时候我禁不住自嘲地笑。

还是那句话说得好，男人的耐性是极其有限的，永尾完治那么好的男人也会对莉香说担负不起她的人生，爱情最终是会成为一种担负的，秦吟风对我的感觉顶多是种新鲜，或者按他所说的心动而已，心动并不是爱，等他静下细想，也就明白了。

就在这期间，公司要派人去总部学习，我奋力争取到了这个名额，之后又不禁茫然，我这么迫切地想要离开这个城市，是因为这个城市里有关于萧傲的记忆，还是因为秦吟风？

心里那么空荡荡的，像是被人掏空了般，只是这个人是谁？谁？

6

呼吸着陌生城市的空气，我依旧没有丝毫快乐，相反，却倍增寂寞。

一直没敢开手机，我不知道秦吟风会不会给我电话或者信息，也许是在逃避，假若听到他的声音，我真的不知如何面对。

下午，我一般都很空闲地待在宾馆，其他分部来的MM们喜欢凑在一起聊天，我总是很少说话，有人玩笑似的说，纪延，你一定是在想念你男友吧，你们感情一定很好，不然才离开半个月就会这么闷闷不乐了。我笑，哪有，我才没有想谁。

笑过之后，我突然发现我真的非常想念一个人，他就是秦吟风。

快圣诞节了，给他发个信息说段祝福的话吧，这样想着便重新打开了手机。顷刻信息却接连而至。

我一条条地看着，鼻子开始发酸：

我等了你很久，家里没人，我很想你，我想知道你的答案……

我去找你了，不知道你去哪里了，早知道我不该给时间你去考虑，你知道这样的等待真的是一种煎熬吗……

你又不在，手机也一直关着，你到底去哪里了，你是在避开我吗……

纪延，二十二号是我的生日，我会在你家门口等你，一直等到你来，就算站到第二天也会等着你……

看完短信，我一下惊觉，二十二号，不就是明天。

7

提着行李箱，楼道的感应灯在我的脚步里应声亮起，不知道为什么，这次我并没有丝毫怀疑，我那么坚信踏上最后一步楼梯我会看到那张我熟悉的面孔。

可是，门庭寂寥，空无一人。

我的心如针刺般疼，我不禁暗笑自己的愚。

进屋放下行李，关上门，将背贴在墙上，我再也无法控制地哭泣。

说得天花乱坠，这个是年轻男子惯用的伎俩，可我却天真地以为那就是真心，挖了坑你就跳，这个能怪谁？

耳边只剩下自己的哭泣声，所以当响起轻轻敲门声时，我并未在意，直到声音逐渐变得明亮，我才意识到的确是有人在敲门。

开门一瞬，秦吟风的脸印入视线里。

他叫我的名字，纪延，你回来了。

我没好气地答，你来干什么，我回不回来现在也与你无关。

说着泪水就又不争气地跑了出来。他微笑着抬高手在我眼前晃了晃说，傻瓜，我等了你很久，可我之前突然想到你一定不会记得给我买蛋糕，这个生日这么重要，怎么能没有蛋糕呢，所以才暂时离开下买蛋糕去了。

我抬头看他，明亮的眸子带着让人不忍谴责的虔诚，就这样，我心中的委屈和一切怒火蓦地烟消云散。

见我发怔，他用一只手拭去我脸颊的泪，笑道，还好，我没有如此地失去你，我真的很担心你不会回来。

我叹气，回来了，可是这样的选择也许连工作都会没了。

他微笑，没了就没了，我可以养你，我愿意养你。

说着，秦吟风将我拥进了怀里。

我吸了吸鼻子，用双手圈住了他的脖，什么都不重要了，我只想听你对我说三个字。

他将唇贴在我的耳旁，低语，不够，我想对你说五个字。

顷刻，他轻柔的声音在我耳畔响起。

宝贝，我爱你。

有没有一座让你留恋的城

1

她叫左橙，认识她的人叫她橙橙。

她不是那种让人惊艳的女孩，却仍是叫人过目不忘的，因为她的微笑。

她笑起来眼角弯弯，像极了“东爱”里的赤名莉香。

我并不想去找一种词汇形容，因为那种清新美好，并非茉莉抑或阳光可以诠释到位。

这样说起的时候，她就微笑，然后说，我不喜欢莉香。

我说为什么不喜欢，莉香是多么可爱的姑娘。

她摇头，可是她不幸福，就算她有多可爱，最后完治还是没有选择她。

我说那只是剧情所需，她又摇头，就算不是剧情，现实中也不是因为长相好坏就能得以幸福的。

我笑起来挠她的头发，橙橙，你总有很多消极的想法。

她不置可否，然后叫我的名字，颜嘉明。

我忍不住叹气，不能老这样叫我，你应该叫我嘉明叔叔，或者颜叔叔。

她就学我叹气，你总把自己说得很老。

我说在你面前，我就很老了啊，我们相差十五岁呢。

她一本正经地掐着指头说，错了错了，是相差十四岁，你还不到三十五呢，你想想，我一岁的时候你十五岁，那个时候我就该叫你哥哥不是叔叔吧。

我被她逗乐了，傻丫头，哪能这样算。

可是，我还是想叫你的名字，颜嘉明，颜嘉明。

2

在我的印象里，她一直都是个小女孩，宛如八年前我见到她的样子。

你叫什么名字?

颜嘉明

你是秋阿姨的男友么?

是的。

你会修电脑么?

会一点。

八年前的冬天，我陪着阮秋去她老师家，坐在客厅里，一个有着整齐刘海的短发小女孩走过来，坐在我的身旁小小声地问我。

电脑开机正常，键盘却不能用，我以为是插头的问题，俯首弯腰认真地检查着电脑主机的插孔。橙橙便蹲在一旁抱膝看着我。

我检查半天，发觉并非插孔问题，忍不住问橙橙，是突然变这样了？橙橙眨眨眼睛，像是思量，然后说，好像是洗完键盘以后就变成这样了。

我一窘，橙橙，你是说你用水洗了键盘？

她点头认真地解释，我看到键盘好脏，所以就用水把它洗干净，洗完后，我很小心地擦干了的。

听着橙橙的话，我忍俊不禁，笑着伸手挠她乌黑的短发，橙橙，这个，是不能用水洗的，洗了就会坏。

她一听，显然是急了，那怎么办，我不敢告诉爸爸电脑坏了，我会被骂。

我说没关系，等会儿我可以买给她新的键盘。

她抬头看我，真的么？

我微笑点头，再次溺爱地挠她的头发，是的。

她眨眨眼盯着我看了看，笑起来，露出可爱的小酒窝。

那一秒，她像是个得到糖果的小公主。

我是四川人，阮秋是广东人，为了她，我放弃在成都工作，留在广州。

次年暑假，我准备带着阮秋回趟成都，阮秋说能不能带上橙橙，老师说橙橙从未去过成都，很想去看看。

于是，13 岁的橙橙随我们第一次到了成都。

出了机场，走在前面的橙橙，忽然抬头深呼吸，看着明媚的天展臂大声喊，成都，成都。

我与阮秋拉着行李箱走在后面，都禁不住笑起来，阮秋说你瞧这小丫头到了天府之国还真兴奋。

在成都待了一个礼拜，我带橙橙去了天府广场，去了武侯祠，去了杜甫草堂，去了百花潭公园……

还带橙橙去吃酸辣粉、火锅、串串，每次橙橙都会被辣得掉眼泪，吐着舌头，用手边扇边说受不了受不了啦，好辣好辣好辣。

我说不要吃了，她便摇着头说不行不行我还要吃我还要吃，说完后又埋头贪吃，边吃边抬头看着我笑。

我拿着餐巾纸替她擦嘴，她忽然说，我发觉……

发觉什么？我不明地问她。

她笑起来，我发觉我好喜欢，成都。

3

我曾以为我与阮秋会沿着某条轨迹自然而然地前行，恋爱，结婚，然后有属于自己的蜗居，养个大胖小子，如此携手走完人生路，这种生活虽然平淡，却会恒久。

自然而然的结果，我以为如此，却不过终究是，以为如此。

或许我忘记了，湖面看似平静美好，往往只是浮于表面的一部分而已，谁又能真正看到湖下有着怎样凶猛的暗涌。

也就是在第二年，阮秋向我提出了分手。原因是性格不合。

这是多么叫人啼笑皆非的理由。性格不合，这四个字，对于一段经营了不短时间的感情，实在很是牵强。它婉转隐晦的意义，无非告知，我们不能在一起了，或者是，我不想再和你在一起了。

我抑制着内心的这份悲痛，请求阮秋给彼此一段时间想清楚，冷静地思考，做最后的判断，这样草率截断这段爱，是值还是不值。虽然维护着自己的尊严这样说，其实我深知，我不过是同样做着暗示，我用这段时间，等她回头。

我将自己翻来覆去地看，我把自己放置旁观的角度，认真审视着一个男子对一个女子的爱。

我认真地想，仔细地想，想那些经过的点滴，是不是不够细心？是否做得不够好？可是，我找不出任何阮秋放弃我的理由。

就在这个时候，阮秋却消失了，她的离开，彻底泯灭我心内的那点光。

原来，想要从一个人世界走出去，只要足够狠心，并不是一件难事。只是，她能做到，我却不能。

我找遍她的朋友，最终，从她一个朋友口里得知，她出国了，去了英国，不是一个人去的，是和一个有着英国国籍的男子一起。

我的心像被硬生生地剜去一块。

这座城，忽在瞬息，失去了让我停留的意义。

我决定离开这个城市。

橙橙问我，你真的决定要走么？

嗯。

这座城真的没有再让你眷恋的事物么？

是的，不再有。

你不会再回来了。

橙橙的话，不像是疑问，倒像是做肯定。

看着她黯淡的神色，我突觉于心不忍。

我伸手去挠她乌黑黑的短发，故作轻松地笑说傻丫头，就算离开这里，以后有机会我会来看你的。

橙橙紧抿着唇，然后抬头看我，眼睛闪着泪光，说，你不会的。

我看着橙橙，忽然说不出话来。

是的，对于她做出的结论，我没有勇气推翻。

橙橙是个敏感聪明的女孩，就算今年仅仅只有 15 岁，却已拥有某种判断力，看得见谁人眼里的闪烁，分辨得了真话还是假话。

其实我明白，我是不会亦不愿，再到这个城市。

颜嘉明，你不来看我，如果你不能来看我，那也没关系。

颜嘉明，我相信有一天我们会再见的。

颜嘉明，我一定会去成都的，一定会。

4

时光，假若时光是一种颜色，无论是灰是蓝，无论是让人迷离让人恻然，我们唯一能做的，也只能穿过它一直向前。

如果一直向前，清醒或麻木，喜悦或悲伤，便只是一种过程，那些发生过的昨天，亦不过只是一段被记取或遗忘的往事。

而那段时间，无疑我是愿意遗忘的，不再去触碰，有关的事，有关的人。

再见橙橙，是在五年以后。

去年的一天，天空很蓝，有很好的阳光，我忽然接到橙橙的电话，我有些奇怪，因为她喜欢给我发信息却很少给我电话，就算有，亦是极少时候在我上班的时候打给我。

颜嘉明，你在上班么？

是的。

你说过你上班的地点是在春熙路？

是的。

颜嘉明，我就在春熙路。

她的话让我愕然，橙橙，你是说你……在成都？

她笑起来，颜嘉明，难道春熙路还有几个么？

我回过神来，让橙橙等在某处。

十分钟后，穿过人流，我望见了站在那里的橙橙。

她穿着格子衬衣牛仔短裤，双手插在兜里，左右环顾着，就算是平底板鞋，亦比我印象中的那个小公主高出了许多。

没有改变的似乎是她一头乌黑黑的短发，以及，她的笑容。

她侧头看到我，便眼角弯弯地笑起来，

颜嘉明，她叫我的名字，开心地跑过来，一把挽住我说意外吧意外吧，看你的表情就晓得你有多意外咯。

我如实点头，的确意外，橙橙都成大姑娘了，都长这么高了。

可是颜嘉明在我眼里，一点都没有变。

橙橙长大了，我也老了。

她噘嘴，不会，颜嘉明在我眼里，永远都是那个样子。

橙橙也会奉承人啦，我笑起来，仍旧按记忆里的习惯，习惯性地去挠她的发，对了橙橙，你怎么跑成都来了？

你猜。

旅游？

不对，仔细想想。

你前段时间说你该念大学了，这个时候，难道是你在成都念……

嗯嗯。橙橙抬头看着我，笑眯眯地说从此呢，我就在你视线内了，不止四年，毕业后，我也要留在成都。

这个想法也不错。我边说话边掏出手机，橙橙，今晚我们给你接风。

橙橙一愣，你们？

嗯，我笑笑，你还未见过我的女友呢，晚上我给你介绍。

橙橙像是幡然领悟般哦了声，然后又露出弯弯笑眼，好啊好啊。那你快给她电话。

5

有时候我想，什么事情才能叫她掉眼泪？

我一直不了解橙橙是怎样的女孩，我曾坚信她是个快乐的女孩，因为我总看到她在笑，那笑，自然不做作，甜美得足以感染任何人。

然而，在她的笑容下，又隐藏着怎样的心情呢？有时我想，或许她某时的微笑，其实是种掩饰，掩饰她的不快乐，因为她总是说出一些叫人揪心的话来。

颜嘉明，我总是珍藏着某些记忆，我认为那些记忆于我而言，宛如拥有世间最珍贵的宝贝，可是我又那么害怕拥有它们，因为我害怕，我所拥有的，亦只能是记忆。

颜嘉明，我从不认为飞蛾扑火是一件多么悲惨的事，就算被灼伤，亦比永远靠近不了，无法取暖而叫人黯然遗憾的感觉值得。

颜嘉明，一间房无论有多黑暗，只要有一扇窗，哪怕仅仅只有一点点的光，便不觉得可怕了。

每每橙橙说出类似这样的话，我会认真地看她，她的唇边还有笑，可是她的眼睛，却是那么忧伤。

我猜想，这个时候，她的心情一定很糟糕，她的心里是有什么叫她难过的东西吧，可是，那会是什么呢？

她虽然经常说些让我听不懂的话，但我相信是有原因的，她一定藏有什么我无法得知的心事，会不会是这几年里发生过什么？是不是有人伤过橙橙的心？

可是我终究没有问橙橙，我想，如果橙橙愿意说，她自然会说，反之，她便是不愿其他人知道。

每个人都会有难过的事，就像我自己，对于当初阮秋的决绝，就算过了这么多年，伤口依旧。

什么是能保障的呢？这个世界没有什么是可以信心满满有所保障的，生活如此，感情如此。

是有了很多想法，故此对于婚姻，我充满着某种排斥。或许我忘记了，婚姻对于一个三十多岁的女人的重要性，那简单的一纸婚书对于一个眼角已有明显纹路的女人，又有着怎样的意义。

周末，不知是我以为的偶然还是女友以为的必然，我们的话扯到了那一纸婚书上，对于我不明确的态度，她终究沉沉一语，颜嘉明，我真的不想要这种混浊不明的感情，如果你要和我在一起，那么你就得彻底打破以往的态度，这次，我不会退步，你若要来我父母那里接我，那就必须带着戒指，否则，我们就各不相干，做回陌生人。

听着她摔门而去，我仰首沙发上，闭起眼睛，突觉疲惫不堪。

橙橙给我打来电话，听着我的声音，问我是不是出了什么事。我告诉她我与女友吵架了，我问橙橙，我是不是伤了女友的心？我是不是该真的反省一下。

橙橙沉默了下说，我不知道。

隔了会儿，她的声调恢复了轻松，她问我吃饭没有，我说不想吃，她说不能这样啊，我买好菜打车过来，做给你吃吧。

6

天色渐暗，我坐在沙发上看电视，橙橙和我说着什么，我有一句没一句地搭讪着，她又讲了几个笑话，看着我并没有笑，带着挫败的语气说，我去玩会儿电脑了。

我握着遥控板心不在焉地按，目光有些涣散，禁不住忆起女友的话来，颜嘉明你不觉得你很自私？你缺乏安全感，你宁愿站在原地，宁愿藏在某个角落，也不愿主动迈开步履走入别人的圈子。

或许她说的是对的吧，我是这样一个男人，一个没有安全感的男人。

我渴望温暖，渴望一个人能带给我的温暖，当真的出现这样一个人，却只是一味地摄取，却不愿意给予。

我以为不付出便不会再受伤，却从不曾想到有没有去伤害别人，这种自私，反而让落寞的心情越发甚嚣尘上，更让一份我自以为安稳的感情如履薄冰。

思绪游荡间，我忽然听到了什么声音，像是，微微的啜泣声，是橙橙……在哭？

我侧头，看到坐在那里的橙橙，电脑的光折射到她的脸上，她戴着耳机痴痴地对着屏幕，有眼泪正不断沿自脸颊滑下。

我愣了一下，连忙唤了声，橙橙。

橙橙没有回答，或许是戴着耳机的缘故。

为此，我站起来走过去，就连走到她身侧，她都未有发觉。

我伸手按上橙橙的肩，橙橙这才抬起头来。

橙橙，你怎么了？

我在看电视剧……

听着橙橙的话，我低头看向屏幕，似曾熟悉的感觉，像是《东京爱情故事》？

这个不是看过了吗？

嗯，我还想重新看一次，看看最后几集，听听莉香对完治说的那些话。

我笑起来，挠挠她的短发，傻丫头，看这个都能这么伤心，那你看泰坦尼克号不知哭成啥样了。

我始终不明白，为什么完治不选莉香，他是爱她的。爱情是需要两个人努力的，否则，一个人无论有多勇敢无论做了多少亦只是徒劳。

我蹲在橙橙面前微笑说，橙橙你不懂，两个人在一起，不是单靠喜不喜欢，爱与不爱就可以的。

橙橙俯首看着我，爱情明明就是很单纯的东西，为什么要弄得那么复杂呢？

听着橙橙的话，我一时语塞。

我用手掌去擦拭橙橙颊边的泪，好了，这都是电视呢，你重新换个喜剧片看看，免得影响心情。

橙橙注视我，颜嘉明，如果你是完治，你是选择莉香还是里美？

她忽然的问题使得我一怔，我笑道，如果我是完治，我就选莉香，行了吧。

本以为是安慰的说法，橙橙却将手心覆在了我替她擦泪的手上，如果现实里，你就是完治，我就是莉香，而她是里美，你会像你说的一样选择么？

我的心猛地一紧，橙橙在说什么？她的话是玩笑吧？

我蹙了蹙眉说，橙橙，你知道你在说什么吗？

颜嘉明。橙橙吸了吸鼻子，像是做了次深呼吸，颜嘉明，我知道我在说什么，如同我从来都知道自己在做什么一样，不管是曾经，还是现在，不管是我在广州，还是多么多么努力地飞到成都。

颜嘉明，你说过，因为一个人的离开，让另一人停留于一座城也失去了意义。那么，因为一个人的存在，一座城对于另一人，也变得有意义了。如果恨一个人，就会恨一座城，那么，爱一个人，便会爱一座城。

颜嘉明，我不喜欢“东爱”，是因为它的结局太叫人心酸，可是我仍旧是愿意、愿意像莉香一样地勇敢，像莉香一样那么努力去爱一个人，只要完治不要拒绝，和我一起努力，哪怕只是努力一点点一些些，我都什么也不怕，什么都不怕了。

橙橙说到这里，眼泪再次汹涌而出。

我安静地望着橙橙，在屏幕的光线下，她的脸色有点惨白，而在泪光的闪烁中，她的双眸如同夜里的星子。

我知道，她是认真的，她的话，说得很认真。

我的心似乎被什么紧紧地抓住，抓住，像是被什么意外地撞击，却又泛动着浓浓酸楚。

不管我心内怎么愕然怎么诧异，可是，我的理智与清醒，却仍旧在那里。是的，不管面对多大的冲击力，我想纵然做不了处乱不惊，至少我知道成熟地面对，因为，我是男人，而不是男孩。

我将手从橙橙的手里抽出来，慢慢站起来。

我说，橙橙，这个故事，你是看得太投入了。这个世界没有完治，完治不过是编剧编出来的。

橙橙看着我，静静地看着我，我忽然觉得自己话里的残忍，我挤出一丝笑意，伸手抚她的头接着说道，或者这样说，这个世界有没有完治我不知道，但是，至少我不会是完治，因为我不再年轻，电视里的完治哪里这么老呢？莉香在我眼里，是个还没长大的小女孩，我与莉香根本不属于一类人，我们中间隔着一条线，是一条永远无法跨越的线，这条线明而深，那就是年纪。

橙橙微微低头，我看不见她的表情，我却看到地板上有不断落下的湿润。

我的心里猛地一阵疼，可是我知道我不能有丝毫心软，不能有半点动心，有些念头必须坚持。

我转过身，轻轻说，橙橙，还是换个喜剧故事看吧，看会儿你也该回去了。

颜嘉明。

嗯？

我缓缓转身。

我知道了。橙橙抬头看我，用手抹了抹泪，然后露出熟悉的笑脸说，我一会儿就走。我知道了。

说完，橙橙转身握上鼠标，不再看我。

我回到沙发上，继续看电视。

难道是因为电视上也正放有伤感的一幕？所以我的鼻子才会这么酸。

不知过了多久，我竟躺在沙发上睡着了。

我像是做了梦。梦里有人轻轻走到我的身边，轻轻地用手指抚过我脸，轻轻地吻我的唇瓣……

7

我终于带着戒指接回了女友，并和她商讨婚礼的细节。

我变得忙碌起来。虽然是忙碌的，但很多时候我会下意识地去看手机，看看有没有橙橙的信息，或者听着手机的信息声，我会异常敏感地掏出手机，失落之余，我才惊觉，我竟是那么期待她的消息。

我试着给橙橙发了几条信息，均是石沉大海，没有她的回信。

我想，或许对于那晚我所说的话，她是生气了，不过我又想，等她耍耍孩子脾气后事情也就过了，到时候她又会笑眯眯地拉着我撒娇，又会吵着我带她出去又吃又玩，或者没大没小地叫着颜嘉明颜嘉明。

大概三个星期后，我稍微空闲下来，晚上，我打开了MSN，却意外地看到橙橙的留言，时间竟是三个星期前的周末，那个周末不就是橙橙到我家来的那天？

我忽然有了某种预感。

颜嘉明，我不知道你什么时候会看到这段留言，不过我想也不会那么快，这样也好，待你看到时，我已经离开成都了。

现在，我真的很难过，真的很难过，颜嘉明你怎么不明白呢，每个人心里都有一个完治，而，在我眼里心里世界里，你就是完治，我想要爱的那个人啊。

莉香说，你不知道，一个人，不是因为身边没有人而寂寞，而是因为身边没有某个人而寂寞。

我想是的，从我认识你的那天开始，我就注定承受寂寞，这种寂寞，不会是一天不会是一年，而是一辈子，因为就算你说得含糊，我也知道，这辈子你永远不会走到我身边。

一这样想，我就觉得好难过。颜嘉明，我多么不想哭泣，多么不想要这样的结局，可是，我还能有什么办法呢？我爱着你，这不是我自己能控制的事呵，而忘记一个人，也不是我自己情不情愿的事。

我突然记起秋阿姨走了后你要离开广州的坚持，你说，这座城不再有让你眷恋的事物，虽然你那么毅然地离开广州，可秋阿姨真的从你心里消失了吗？我知道你从未忘记过秋阿姨，我曾以为没有了秋阿姨，你会不会发现我的存在，然而我还是失望了，或许我是错的，无论你的身边换上谁，也不会换上我，因为我从未走入你的视线，你也从不会认认真真地看一看我，我在你的眼里，不过还是八年前的小女孩，你觉得我不会长大，这个 14 的数字，终究把我们隔在了两端。

如果一个人的消失反而让另一个人记住的话，我愿意去做那样一个人，因为至少，你记得我，我的名字会停在你的心里，比起在你身边却走不进你心里，这样反而是值得的。

我又听到莉香说，不是常常有机会遇到可以爱他一生的人的，不过喜欢上的话就是另外一回事了。所以，我很珍惜爱过你的一切回忆，爱过你的回忆，被你爱过的回忆。不是能想着明天的爱情会变得怎样而谈着恋爱的，有那时候的我，才有现在的自己。我真的能够对自己这么说，你做的真好。

听到这些我就想，莉香还是幸运的，因为她还是被完治爱过啊，然而我，无论我充满着怎样的勇气，怎么努力地朝着你的方向飞奔，却始终靠近不了你。

君生我未生，我生君已老，这是多么叫人无奈的理由，可是这种无奈又怎么改变得了？怎么改变得了呢？

“东爱”里的结尾，站在街上的莉香对完治说，这样不是很好吗？像今天这样偶然在街头相遇。

或许，有一天，我们也一样，也一样可以偶遇街头，假如，那个时候在你我的心里，还有一座让彼此留恋的城的话。

看完橙橙的留言，我凝视着屏幕，忽然有种想流泪的冲动。

嘉明，女友在厨房叫我，盐怎么没有了啊，你快点出去买袋盐回来。

我应道，好的。

关掉电脑，我不由地轻轻地念出，我生君未生，君生我已老，我离君天涯，君隔我海角；我生君未生，君生我已老，化蝶去寻花，夜夜栖芳草。

我微笑，终用手指按去了眼角那点微凉。

倒带（橙橙的散言散语）

在流逝的时光中，我把你折叠成我想要的色彩，或许淡蓝，或许灰暗。

像一场电影，虽然已完全落幕，我拉着思绪，倒带，倒带。一遍一遍。

春夏秋冬，记忆流畅，绕在空气里，没有形状。

墙上，时钟滴答作响，冰激凌，在手中融化，注定回不到，几分钟前的模样。

我到底可以做什么呢？

或许大笑，或许大哭。

还有，渐渐地习惯，习惯自言自语，每天对着镜中重复。像是，对着你重复。

你不会知道，这般刻骨的三个字，转身之前，华丽得像一件晚礼服。我幻想，我可以，握着你的手，穿上它一起跳舞。

在爱情的舞台上，纵然你早已离去，我还是辗转着舞步。

我不舍得离开。

那么，就让我跳舞吧。

任时光流转，我会把你折叠成我想要的色彩，或许淡蓝，或许灰暗。

听，寂寞回响，我对着记忆中的我，一遍一遍思考。

就这样，将故事倒带，倒带。

直到，白发苍苍。

漩涡

1

再见潘越的时候，他依旧是一身灰色的衣着。灰色，提醒着隐埋在灵魂深处的记忆。

经理面带笑意地向他介绍，这位是专门负责这个方案的卓小姐。他的目光移向我的脸，平静地微笑。我例行公事似的伸出手，简单地说，你好。他的指尖有似曾熟悉的温度，只是遥远得使我麻木。

经理拍了拍他的肩，卓小姐会把合同的内容仔细地向你说明，有什么问题你就尽管问好了，我还有点事，暂时失陪一下。

我知道他的目光一直没有离开过我的脸。我视而不见地把手中的文件摊在桌上，推置他的面前，不紧不慢地说，潘先生，请你先看看这份文件的……

你还好吗？他打断了我的话，好听的声音再次震动了记忆中的那根弦。

我不看他，用手指指向文件说，我会把文件上的每一条都详细地给予解释，先说这第一条吧。

忽然，他伸出手掌覆盖在了我的手背上，柯柯，我想知道这些年你过得好不好？

我并未缩回手，微微抬头淡然地看他，潘先生，如果你想用这个时间诉旧情的话，我不奉陪；如果你是借公事性骚扰的话，我会报警。

他凝视我几秒，缩回了手，OK，谈公事。

2

如果你曾经深爱过一个人的话，你就会懂得怎样深刻地恨。我恨他吗？我不确定。但我明白，他的每个眼神，每次微笑，都能牵引出我内心深处最真切的东西。四年前是爱，四年后的今天呢？是恨？还是仅仅为曾经而不甘心？

我与潘越在同一所大学念书，他比我高一届。他很优秀，却不花心，入校以来只交过一个女友孙苑，后来分了手他便再未交女友。一次国庆学校开晚会，我意外地认识了潘越。一个周末后，潘越约我去看电影。此后不久我们便走到了一起。大三时我瞒着家里与潘越在学校附近租了房子同居。后来家人知道了极其反对，潘越却当着我父亲的面拉着我的手说，我这辈子只爱柯柯，我会娶她。

毕业后，潘越说为了我们的将来，要离开这个城市。

我相信了。

直到他离开后的几个月我从潘越一个要好的同学口中得

知，他去的城市就是孙苑的家乡，因为孙苑的父亲在那边有权有势，孙苑早已告知父亲帮潘越物色了一个好职位。

3

四年了。很多事情都已改变。物是人非的感觉让人觉得疲倦。

从公司走出来，我深吸一口气，提醒自己别多想了。经过一家服装店，一条淡蓝色的吊带长裙诱惑着我，我在转过身入店的那一刹那，一个熟悉的身影印入我的眼帘。

潘越正淡淡笑意地凝视着我，他看了看橱窗向我走近，卓小姐，你好像对这条裙子蛮感兴趣。

我冷冷地看他，一种无名的怒火随即燃烧起来，我努力控制着语调，你跟踪我?

他仍旧保持着笑意，却说，若是喜欢，就把它买了，我想它穿在你身上一定非常的美。

我不看他，尽量轻描淡写地说，我已经有一条了，是我男朋友送给我的。所以无意间看到这条和我那条一样时，才停下来看看罢了。

他瘪了瘪嘴说，这样。不知道这两个字是表示赞同还是怀疑。

对。我冷淡地回了一句，不愿多留，继续道，你自己慢慢看吧，我有约会得走了。

我不再看他，迈开步子，从他身旁快速地走过。

4

我慢慢走近厨房，齐晖正在炒菜，看着他认认真真累得满头大汗的样子，心中莫名地感动着。虽然他只是一家公司普通的小职员，但他对我那份真挚的爱却是一切物质都换不来的。我轻轻地走到他的背后，将脸紧紧地贴在了他的背上，泪水滚落了下来。

怎么了？他急忙熄掉火，转过身来问，怎么哭了？他伸出手，欲擦拭我的泪，可突然想到了什么，手在半空中停了下来，说道，我的手上有油，别把你脸弄脏了。

我的心里再一次被震动，泪水泛滥而出。

他连忙说着，乖，别哭。是不是在公司受委屈了？

我摇头，齐晖，我们结婚吧。

结婚？他诧异万分地反问。

我抬头，泪眼婆娑地望着他，嗯，我们结婚好不好？

他有些不敢相信地看我，以前你不是说不想这么快结婚，等买了房子再结的吗？

我想清楚了，我爱你，我想和你在一起，虽然这房不够大，条件也不是很好，但有你在我身边，什么都无所谓了……

我的话尚未结束，就在此时，客厅电话响了。

我一听，是经理打来的，说是叫我一起去吃晚饭，有事要谈。我有些纳闷。怎么下班时不说？不过我知经理是很器重我，倒也不好推辞，于是答应下来马上赶过去。齐晖很理解我，道了声早点回来将我送至门口。当我打的赶到餐厅时，看到潘越正神态自若地坐着，心里顿时没了底。我很想马上调头离开，但我清楚只要这样做了，就等于不给经理面子，工作也就随之没了。硬着头皮，我在潘越的旁边坐了下来。

小卓啊，你好好陪潘先生聊聊，以后有机会我们还要合作的。经理话里话外无非暗示这个人是不能得罪的。

之后，经理接了个电话，声称家里有事先行告辞。

经理半道离开，哪有这么遇巧的事？我都不得不怀疑他们打一开始就串通好了。

我不吭声，潘越亦沉默着。

半晌，他抬头凝视我，柯柯，我们好好说说话。

我面无表情地嘲弄，看来有钱真是好，什么事情都可以水到渠成，不花费半点力气。

Shit。他端起酒杯一饮而尽，用激烈的语气说，我只是想见见你，你可不可以不要这样一副视若无睹的样子？这使我很难受。

你亦是知道难受？我冷笑，提起手袋道，现在面见过了，我没有必要再留在这。

等等。他随之站起来靠近了我，柯柯，我真的……很爱你。我想你回到我身边。

不可能。我不看他，决绝地回答，我就快结婚了。

他的目光依旧逼视着我，那又怎样？婚还未有结，我不会放弃。

随便。我淡淡看他一眼，再见。

说罢，我转身刚迈开步子，潘越一下子拽住我的手腕，一股强大的力量使我身体无法平衡地倾斜，我就这样猝不及防地倒进了他的怀里。待我尚未反应过来，他的唇已紧压在了我的唇上。有种被羞辱的感觉猛然袭来，我用尽全身力气推开他，随即挥动右手。

啪！这记耳光清脆而响亮。我好似僵硬住了，怔怔地望着同样被震撼了的潘越。忽然，他笑起，好。很好。如果爱你是这种结果的话，那我亦就没必要去挽回些什么了。其实我并不在乎你这样说，我唯一在乎的是想让你开心，所以我可以忍耐你对我的讥嘲冷讽，仍想尽办法取悦你。这并不是替四年前做补偿，我不觉得一个男人为了事业而不顾一切是错误的事。而是因为，你，卓晓柯，是我潘越一生中唯一的、用心去深爱的女人。

我就这样安静地站着，任由眼泪无声无息地滑落。在他的目光下，我好不容易才从唇边轻轻地吐出几个字，我想回家。

他点头，语调恢复了平稳，我送你。

站在大街上，我的手被潘越紧紧握住，我想伸手拦车，却又不想将手从他手心里抽离。他转身凝视我的眼，我的手如此温暖，他的眼神如此柔和，就像四年前他第一次对我说话时的眼神，多让人眷恋。

5

爱一个人，也许就像落入一个漩涡。无论花去多少时间挣扎逃离，终是于事无补，结果亦只能沦陷。我深知如此。

站在宾馆落地玻璃窗前，我安静地望向霓虹闪烁的窗外。这份安静，掩饰着我的迷惘。迷惘之前为何任由潘越牵住自己的手，随他牵引。或许我已没有力气拒绝，拒绝这份曾经的迷恋再次带来的蛊惑。

潘越走过来从后面搂住了我的腰。

我爱你。他柔柔低语，俯首亲吻我的耳垂。

我觉得晕眩，不由地闭上了眼，有些分不清到底是梦境还是现实。正在此时，手机铃响。

我猛然回神，潘越并未因此放开我，反而搂得更紧地道，我不想有人打搅我们。

我开口，我要回去了。

我想可能是齐晖打来的，他一定是担心我了。以前一般在这个时候我已回家，如果要晚归，亦会事先给他电话，但今天却没有。

柯柯，不要走。潘越的吻落在了我的后颈上，小声地说，今晚，留下来。

熟悉的气息，将我混沌的思绪笼罩。如果踏出这扇门，终止与潘越的这段爱恋，带着心底纠结着的不舍与遗憾，开始和齐晖简单平淡的生活，对我来说会不会是一种困难？那么如果留下来，过了今晚，明天又会怎样？

我深深吸了一口气，终于扳开他的手说，我必须走了。

提过手袋后，我飞快地朝外走，我害怕稍作犹豫便会销蚀这片刻的坚决。但是来不及了。潘越以比我更快的速度堵住了那扇门。

让我走。我说。强迫自己不去看他。

潘越渐渐靠近我用手轻捧我的脸，不要逃避了。柯柯，你是爱我的。

顷刻，我的泪蔓出了眼眶，很快被他的吻掩盖了，接着是我的唇，脖子……我被潘越抱了起来，身体离开了地面。潘越的吻纠缠着我的身体，我终于在这个漩涡里避无所避地彻底沦陷。

6

我想我应该离开了。

潘越仍在熟睡中。当我轻轻走开，准备就此离去时却忽然想再看看他的脸。这段感情的尽头会在哪里？握在彼此手心的那点温暖会不会被未知的明天吞噬冷却？抑或者从今以后，我们生活在各自的城市，毫无关联地走完一辈子。带着这份免不了的悲哀，望着这个让我如此深爱与依恋的男子，我慢慢地走向他。

临近床沿感觉脚底踩到了什么，我低头看到潘越的衣物散落在地上，小心翼翼地拾起衣物放在旁边的椅子上，生怕一不小心惊醒他。有样东西滑落掉在了椅子下，是他的皮夹。我拾起皮夹就在无意间，看到了夹在里面的照片。我以为因为房间光线暗而看花了眼，便轻脚轻手地绕过床沿，走到窗口，借着缝隙中的光线再仔细地一看，顿时，只觉得脑里轰的一声，一片空白。

照片上有一个笑容甜美的女人，她的怀里抱着一个看起来未满周岁的孩子。而微笑着的潘越一只手环拥着这个女人的肩，一只手正握着小孩的手上。这分明就是一张全家福。这个照片上的女子怎地这般熟悉？我的脑里迅速地闪过一些片段，一些记忆中的片段。终于，我想到了——她是孙苑。

难怪潘越只字不提四年里他生活的点点滴滴；难怪他只说爱我却不提让我随他到另一个城市；亦难怪他不再给我任何关于明天的承诺。他只是想找回四年前失去的东西，那种感觉，那种不甘心舍弃的感觉。

卓晓柯啊卓晓柯，你怎么这样蠢？像四年前一样地蠢。你的思想已被这个男人洞悉得一览无余，转来转去，你还是逃不过他的掌握，他可以任意地将你挥之则去，却又轻易地招之则来。在他眼里，你算什么？只不过是一个外表看来清高，实则庸俗到极点的女人。

我感到窒息，将皮夹放在桌上，迅速地离开房间。我渴望着一种安稳。一种能带到灵魂深处的安稳。

坐在出租车里，我想努力遏制住眼眶的泪。想到圣经里的话，有时我们说了一句话或做了一件事，自己以为是无关紧要的，然而我们的眼睛睁开，就可以看见这一言一行之间系着极大沉重的或善或恶的结果。

不能怪谁，这个漩涡，是我自己跳入；这个结果，是我自己造成。

回到家，打开房门走入客厅，看到茶几上压着一张便签：柯柯，你彻夜未归我很担心，不知道为何手机亦关了，我早班，等不到你了，如回来记得马上给我电话。

拿着便签，我慢慢地坐在地板上，将头伏在了膝盖上，终于失声痛哭起来。

爱情罂粟花

有些爱情，宛若罂粟。

1

星期日，阴。

懒懒地倚在窗口，将头靠在窗栏上，看天空的蓝渐渐被灰色的云一点一点地吞噬。

约好下午和严彬谈判，关于离婚之前的种种是不得不详细谈一谈的。既然严彬也已在电话里提及此事，那就如他所愿地尽快谈妥做个了断，好聚好散吧，我想。

在爱情的世界最终只得两种结果，是爱或是不爱，没有含糊不清，没有模棱两可。我与严彬属于后者，我想纵然他身边不是晓雨也会换作其他女人，换来换去也终究不会再是我，我们的爱情到底是回不去了。

回忆起半月前严彬搬出去时说的话，既然事已至此，我们先分开，这房子留给你，一有时间我就会过来和你协议离婚的事情。

结婚三年来我一直努力地做个好妻子，从来都是按时上下班，很少出入社交场合，心思全都放在这个家里，就像同事开玩笑时称我是贤惠型妻子的典范，而现在面对着丈夫的背叛，我却有着连自己都无法释然的平静，想想从知道此事到严彬的离开，我从未在他面前像个怨妇般吵和闹，连一句质问的话也没有过，这点自己后想起来都颇感诧异。细细想来也并非是自己软弱，大概因为这个女子是欧晓雨吧，她毕竟是欧晓云的妹妹。

欧晓云。

想着这个和名字一样美丽的女人，纵然事过境迁，但每每忆起，心痛之感，不减分毫。

我也觉得困惑，为什么欧晓云偏偏会选择那样的方式去让心爱的人记住自己呢？

我永远不会忘了那个有如欧晓云笑颜般阳光灿烂的午后，晓云戴着男友送给她的求婚戒指，从二十七层的建筑物上像一只蝴蝶般悄然飘落。

在很长的一段时间里，我始终还不敢相信这是个事实，不愿相信这个同窗九年的挚友，会真的如同流星转眼间从自己的生命中消失掉。

我常常记起晓云的一段话：绝不要相信一个男人会真心地只爱一个女人，一旦他们身边有了其他的诱惑，便不会记得自己说过的任何承诺，除非你用生命来换取他的记忆。

这段话是我们最后一次在酒吧喝酒时，欧晓云醉醺醺说的，我起初以为那晚她只是酒后乱侃而已，没想到她真的选择如此。

真的是这样吗？拿生命来换取一个男人对一个女人的记忆？这样的交换值得吗？

2

欧晓雨说这个不应该用值不值得来解释，如果当做一种错误的坏事来看，倒不如当做是一种可以从感情苦海里解脱的好事。

我一直不了解欧晓雨是怎样的一个女孩。虽然她是晓云的妹妹，但性格截然不同。

在欧晓雨刚出生时父母就离异了，并各带走一个女儿，晓云跟着母亲，晓雨则跟着父亲。

欧晓云生前很疼爱这个妹妹，常常到父亲那边去看她。

晓雨的继母一直不太喜欢她，大概是因为家庭环境的因素，晓雨常常和街道的社会青年混在一起，也造就了她小太妹似的坏习气。

欧晓云去世后，我便代替她常常去看晓雨。

欧晓雨刚高中毕业，我劝她继续念书，可话还未说完，欧晓雨便跳起来反对，说自己好不容易混到毕业，也是时候出去找工作了，况且天生就不是读书的料，再也不会往那个圈圈里面钻了，违背意愿做自己不喜欢的事分明就是一种活受罪。

虽然去一次就劝一次，但终究还是无济于事，况且晓雨的父亲都不管此事，我想到自己毕竟还是外人，不可能真的擅自主张地替晓雨决定她的人生，自己反复地介入就显得过分了。

我只是希望自己能正确引导欧晓雨，她不再念书又没有事情可做的话，这样就更加可以名正言顺地和那些街道小混混一起游手好闲了。想起欧晓云最疼就是这个妹妹，加上欧晓雨提过想找工作，便又多管了一把闲事，托在电器售后当经理的丈夫帮晓雨找了个工作，就在同家售后电话服务中心做接线员。

起初我还以为说服欧晓雨去上那种规规矩矩的班是很不容易的，必定又要花费一番口舌。

所以选在一个星期天专程把晓雨约到自己家准备好好地谈此事。

欧晓雨来时，我差点没认出她来。只见她一头直发已烫成了波浪似的卷发，化着浓妆，穿着紧身的超短裙，挎着同色的手提袋。

我吃惊地望着她，晓雨见此，咯咯地笑了起来。

我叹气，晓雨，这打扮和你 19 岁的年龄很不相宜。

她坐在我旁边将头靠在我肩膀上，兰昕姐，你之前在电话里说给我找了工作啦？

我点头，就是说这个事情，售后服务中心接电话，不过不知你怎么想的，如果愿意，下午我就叫严彬带你过去。

你说好就好咯。欧晓雨抬头看我，那下午你会陪我一起吗？

我下午还有事，放心好了，严彬已经安排好的接着就可以上班了，不过……

我说着掀了掀她额头的发丝，你这装扮要不得，等下回去换件衣服，妆也别化得这般浓，去了得给人留一个端庄淑女的好印象，知道不？

她嘟嘟嘴，好吧，我一定会淑女点的。

说完她又对着我面露笑容，谢谢你兰昕姐，你对我真是好。

3

欧晓雨工作三个月后过了试用期，工资也随即长了。为此她特意买了礼物送我，说是以表谢意。

她送给我的是一瓶新上市的花果味香水，她很喜欢于是自己也买了一瓶。她说这种香水味道只有几种，她送我的是杏花香味，而她自己买的是紫罗兰香味。

欧晓雨给我解释的时候手舞足蹈，边说着边从包里掏出她的紫罗兰香水，打开盖子并拉住我的手，不由分说地喷了些在我的手腕上，笑意盎然地问我好不好闻。

我笑着回应，嗯，这种气味还不错，所以呢你要更加努力工作好多加工资，以后买更好的东西给自己。

欧晓雨点头，兰昕姐我会努力的，你还要不要洒点我这香水？

我挥了挥手，我都满鼻这味道了，够了够了。

我和欧晓云同岁，今年 26，而晓雨不过 19 岁，所以晓雨在我的眼里，一直就是个孩子，像她这样的孩子不应该是一个有心计的女子，可最后我知道是我错了。

那天是我和严彬结婚三周年的纪念日。因前两年他是和我去吃了烛光晚餐并送礼物给我的。我想这次也不会例外，于是下班后我便早早归家，等着严彬回来安排节目。

可一等也不见他回来二等也未见人影，眼看天渐渐暗下去，他还是没回家且连个电话都没有。我实在无耐心再等，于是拨通了他的手机。

你怎么还不回家？我没好气地质问。

待我刚想说出你知道今天是什么日子的话时，严彬一句我在应酬客户很忙便匆匆挂线。

书上说婚姻是七年之痒，这才刚三年，就已开始记不得结婚纪念日了。

我很是生气，但转念一想大概真有重要客户吧，于是只得自己下了面吃，然后坐在沙发上看电视等严彬回来。

当我几乎已蜷缩在沙发上睡着的时候，听到房门响动，严彬终于回来了。

怎么在这儿睡啊？他看着我走过来。

我揉着眼站起来，你回来了，怎么才……

话说一半我愕然而止，抬头注视着严彬，我的眼神困惑而心也无法不开始隐隐作痛。

他的身上散发着浓浓的香水味，而这种味道有熟悉的感觉，这种熟悉无法不拨动我记忆的那根弦，脑里随即闪过一张脸——欧晓雨。

是的，那是一种紫罗兰气味，就是欧晓雨曾在我面前洒出的那种香水。

常理是人闻某样气味太久，鼻子就习惯这气味，所以严彬才会忽略了这点，这表示他在这种气味中待了很久，那么这种气味的主人也就是整晚同他一道了。

毋庸置疑这是个女人，而这个女人会是欧晓雨吗？

整夜我都无法再入眠，我也怀疑是否是自己过于敏感了。

就算严彬的身边已有其他女子，但不应该是晓雨，她不会做出背叛我的事情，毕竟我对她一直那样好，在她眼里我也一直是疼她爱护她的兰昕姐。

不料的是，这一想法很快便被推翻。

周末严彬手机响时，我故意端着水果盘走进厨房，然后再紧挨门侧地听到他轻声讲话，说是马上就过去了。

严彬对着厨房里的我称同事有事要出门一趟，我柔声地回答好的。

女人天生具有矛盾的性格，明明对故事答案有所预知，却非要亲手揭露谜底才心甘，且还有不到黄河心不死的执著，而这种执著挑明开来，就是一种侥幸心理，以为最后会得到有所不同的结果，只是我们常常在探知中忘记了，爱情是不存在侥幸的。

坐在出租车里，远远地看着严彬的车开到一个路口，接着我看到了欧晓雨，她带着妩媚动人的笑上了车。

答案昭然，我转过头对司机说，调头回起先我搭车的地点吧。

我的泪水悄然滑落。

事已至此，我本想同严彬的摊牌是必然的，可万万不曾料到却是反过来严彬先同我摊牌了，他言语坦然也没有多做解释，他说，对不起兰昕，我的确很爱晓雨，我会搬出去。

一切一切像是早已注定似的，细细想来我的心会难过，但情绪却并非大起大落。我反而这样想：也罢，就放手吧，既然上天注定了严彬和欧晓雨的缘分，那我又何必纠结于此，我从容地退出好了。

4

星期日，阴。

严彬打电话说要谈谈关于离婚的事。我告知他我会在家等他。

他打完电话不久便过来了，和他一起来的还有欧晓雨。

欧晓雨盯着我，脸上带着一种胜利者似的高姿态的笑，嚣张而骄傲。

严彬说，关于家庭财产问题，我不予太多计较，一切按你要求吧。不过我要说到这房子上，我起先本是不打算要的，但现在改变主意了，所以抱歉兰昕。不过我会给一笔钱你。你有什么想法或异议？

说至此处，欧晓雨插话了，嗯，兰昕姐，因为我着实喜欢这房子才请你割爱，要是你有什么想法都说出来好了，严彬会补偿你的。

我的心抽痛起来，我深吸一口气，不去看她，努力抑制住波动的情绪，对着严彬说，好。按你所说吧。

一路谈下来我并未多加言语，任严彬所说怎样我都一道同意。最后也应承就在星期一办妥离婚手续。

5

大约半年以后，我在一家超市的门口意外地遇到了欧晓雨。

当我们的视线相撞时，她对我露出了那副我早已看透的金玉其外的笑靥。我的目光淡淡地扫过她的脸，然后落在与她亲密挽手同行的男人身上，那男人不是严彬。

欧晓雨对着她身边的男人说了几句话后向我走了过来。我本是想朝另一方向走的，见此便干脆停住了，我倒很想知道她究竟想做什么。

兰昕姐，想不到在这里遇到你，你和严彬离婚后我去过你上班的地方找你的，结果你辞职了，也不晓得你住在哪里，正好今天遇到了，我也好把这东西交还给你了。

欧晓雨，你够了吧？难道我对你不够好吗？你何苦这样逼我？人的容忍性是有限度的。我抬头看她尽量压低语调。

她在笑意中深深凝视住我，兰昕姐，瞧你说得跟什么似的，我当然知道你对我好，不仅对我好，并且还对我姐姐欧晓云很好，不是吗？

我的心猛然抽紧，你……你什么意思？

欧晓雨微笑不语，慢慢从提包里掏出一个小盒子道，这东西我可是一直带在身边，想着没准哪天会巧遇你，老天可真有眼。不过呢，还是有些许遗憾的，毕竟你就那么顺从地把严彬让给了我，就算你是有愧，但于我而言这也太不费吹灰之力了点。

我不明白你说什么，我走了。

我说着准备转身离去，欧晓雨却一把拽住我的手腕，我惊恐万分，你干什么？

东西还未拿呢，欧晓雨拉起我的手把那小盒子放入我的掌心，这可是我保管了好多年的，是姐姐在自杀前的一天交给我的，她本来是叫我转给你让你明白一些事情，她并不是傻子，但她却是一个情痴，她选择那条路是因爱情与友情让她变得愚昧。不过我不愚昧，我想既然姐姐叫我把东西给你，反正都要给，早点晚点都一样，并且也不能太容易地还给你吧。不过看来你也不是很爱你老公嘛，想必你还是更爱金哲一点。哦，对了我姐说这东西就是在金哲的床上拾到的。

金哲。听到这个名字，我的脑里轰的一声，全身似电击般，就这样怔怔僵立在原地。

兰昕姐，该说的也说得差不多了，我男友还在等我呢。严彬那人也是死脑筋，我五个多月前甩他时，他都差点哭了，说是一定要等我回去，兰昕姐你要是看到他就帮我捎句话，就说不要等我拉，我压根就没有爱过他，连丝毫喜欢都没有。

欧晓雨说完笑盈盈地转身，朝着那边一直等着她的男人走去了。

良久，我茫然地打开了小盒子，里面是一只月牙儿形的耳环。

6

三年前。

金哲，一个英俊的男人。他是欧晓云的男友。晓云最开始进那公司上班时就给我提过，那时候她说，她喜欢上了一个同事，他叫金哲，长得很像她最喜欢的一部电视剧的男主角——永尾完治。

一直觉得，有些爱情，宛若罂粟。待爱情开始时，就是罂粟花开时。如同晓云对金哲的爱，如同金哲对我的爱。

那个周末，当晓云介绍我与金哲认识的时候，我开着玩笑，你就是传说中的完治。

金哲愕然，王子？

我忍俊不禁，晓云红着脸悄悄拉了拉我衣角。

金哲一个劲地问我是说的什么，我看着晓云便只得将话绕开，我是赞你虽然没有白马但穿着白衬衣也很像白马王子啊。

金哲笑起来，那你衣服有些偏灰，我是不是可以理解是灰姑娘？

我故意舒了口气，还好，你没有说我是灰太狼。

我望着笑意盎然的金哲，却突然觉得眼前这个俊朗的男子会和自己有一段不可轻易了断的情愫。

这个想法如此罪恶，我狠狠地掐了下自己，让这念头别做停留，瞬间遏止。

然而，之后每次我们三人在一起聚会或游玩时，我总会不经意地去看金哲，同时与他目光相撞。

我怎会不明白呢，但对于金哲暗暗向我流露出的喜欢我都装着不懂。

直到有一天晓云叫金哲代她来我家拿本资料。

当我有些慌乱地把资料放进他的手里时，金哲的目光似两团小小的火焰烧得我心跳加速。

兰昕，其实有句话我一直想告诉你。他伸手慢慢地握住了我的手，语气虔诚，从第一次见到你时，我就喜欢你，我知道这样不对，但我却无法不想你，我真的不知道怎么办，但我想如果我不说出来，我真的会抱憾终身的。

我企图将手从他手掌抽离出来，但他却握得牢牢的，让我无法摆脱。

在我尚未回过神来时，他已一把将我拉入怀中，兰昕我该怎么办，我真的爱上你了。

不可以的，你是晓云的男友，我是她最好的朋友，我们不可以在一起的。我拼命挣扎，心情万分矛盾。

我知道你对我也是有感觉的，可是为了晓云我们都必须违心地把彼此的感觉隐藏吗？

他的吻落在我的耳边，我的泪水涌了上来，他的话说到我的心坎上了，我真的可以拒绝这份自己渴望的爱吗？

在爱情面前，感性终于是强过了理性，当金哲的吻深深印在我的唇上，我的思想连同我的身体已不再受控。

明知道是一种错误，却无法控制住继续犯错。

晓云终于在一次对我提及说，最近发觉金哲有些怪怪的好像魂不守舍。

听她这样说我当然心虚，便赶紧掩饰地安慰她叫她别乱想了。

经过这次晓云的谈话我便向金哲提出了分手的要求，他当下不同意我们便争执起来，兰昕，你当真这样决定了？

我决绝地回答，对。

次日我便接到金哲与欧晓云将在下月结婚的消息。虽然我的心如刀绞，但我仍面带笑意地祝福他们，我开着玩笑，晓云，等不了多久就得叫你金太太拉。

我看到金哲的眼里隐匿着无尽伤痛，而这伤痛只有我能读懂，因为这伤痛也深深藏于我的灵魂中。

我告诉自己在他们结婚之前的这个月里，尽量避免跟金哲的碰面。所以晓云约我出去时我便找着借口拒绝。

我本以为一切都这样结束了。未料到就在他们婚期的前一个星期，发生了一件让我这辈子都觉得内疚且无法原谅自己的事。

那晚晓云硬要拉我和他们一起去 K 歌。

在包间里，晓云拿出一副月牙儿形耳环给我戴上，因知晓我喜欢弯月形的小玩意，所以她之前逛饰品店时看到便买下送予给我。

这晚晓云拉着金哲不仅狂 K 歌并兴致颇高地喝了不少酒，最后酩酊大醉。

我和金哲一起把晓云送回了家。

那时已是凌晨，从晓云家出来，走在已无行人的街上，我和金哲都沉默不语。

如你所愿，你应该满意了。金哲突然开口。他的脸上带着一抹似有似无的笑，奚落的言语抖落在这冰凉如水的夜里，冷得让我心寒。

你以为我心里就那么好受吗？我咬着唇想遏制住漫出眼眶的泪，可却又如此力不从心。

对不起。金哲见此眼里闪过一丝悔意和疼意，他一把将我揽入怀里，兰昕，我真的不愿娶一个自己不爱的女人。

我努力挣扎，原本是想挣脱出他的怀抱离去，可最终却在他怀里失声哭泣起来。

面对爱情，真的就像是面临一场无法掌握控制的灾难，避无所避，在劫难逃。

我是在天刚蒙蒙亮时离开金哲家的。我走得急促而匆忙，生怕惊醒睡梦中的他。

我告诫着自己这是最后一次犯错，努力地使自己的心情平复下来。

可是这样的平复并未延续多久，更令我慌乱担心的事接踵而来。

临近中午，我对着镜子梳头准备出门，才猛然惊觉我戴着的耳环掉了一只。

我慌乱地将手袋翻遍也未见耳环踪影。我知道一定是掉在外面了，但关键是掉在哪里呢？

我心急如焚。到底是掉在哪里？是K歌的时候掉在包间里了？扶晓云进TAXI时掉在车里了？是凌晨在街上和金哲拉扯的时候掉了？还是最后在他家……

我怔怔地坐在镜子前，无计可施。

直到再次和晓云见面，我忐忑的心终于放下来。因为晓云的快乐湮灭了我心中的不安。

我很了解晓云的性格，不管是好坏，在我面前她都是藏不住话的，以前就算是我出错她也定会当面质问，然后把事情说开。

和晓云坐在酒吧里，自从认识金哲后，我和晓云便很少这样单独聊天谈心了。所以晓云拉着我一直说个不停，讲那种准新娘才有的甜蜜感觉，讲想象婚后生活的种种。后来不知怎么谈啊谈的扯到了明星绯闻上，侃起我们都极其喜欢的一个女明星被曾承诺过照顾她一辈子的男友抛弃的事，晓云叹息道，绝不要相信一个男人会真心地只爱一个女人，一旦他们身边有了其他的诱惑，便不会记得自己说过的任何承诺，除非你用生命来换取他的记忆。

我一直不觉得这段话有何特殊意义，在我看来它是如此不经意如此自然地从欧晓云的口中说出的。但两天之后我便深知错误，原来它并非是随口而出，因为欧晓云用生命去验证了她的话。

在欧晓云的葬礼上，我没有见到金哲，但我隐约地明白了原因。晓云伤心欲绝的母亲嘴里喃喃地咒骂着金哲，说是他变了心提出取消婚礼才弄的女儿走上绝路。

妈，别太伤心了，或许姐姐活着时为情折磨，选择了这样也是一种解脱吧。不过间接害她的人却永远解脱不了，一辈子活在愧疚中。

说这话的人就是欧晓雨，那时她 16 岁，她有一对幽黑美丽的眸子，她的眼睛扫过了我的脸，那里面没有眼泪。

同年，经人介绍，我认识了严彬，很快我们结了婚。

而金哲，自晓云去世后，便如同人间蒸发般，我从未再见过他。

被遗忘的时光

×年9月23日　晴

我一直记得六年前的春天，那个午后有着温暖的阳光。我站在窗口，沉默看着你拖着大大的行李箱从我面前走过。

到了门口，你终是想到了什么，走过来握着我的肩说，晨雪，等我先过去安定好，我就回来接你。

我什么都没有说，只是咬着唇点头，拼命地点头。而后听到你连声说不哭不哭。

我不是不想说话，只是我深知现实的无奈，就像你曾经说过，没有事业的男人宛若是没有帆的船，无法找寻方向，只得任意随波逐流，你说你怎可放任自己这样无靠地载上钟爱的女子飘荡于人生之海？

我想着，你亦是为了我们有更好的将来，说到底你是有责任心的。况且世上恐怕没有不想干一番事业的男人，而最重要的是眼前还有着这样一个好机会。

你生长在单亲家庭，性格颇为内向，再加上是学美术的，骨子里有着那种不为外人理解的清高。所以毕业后虽说亦做过不少工作，但却总是处处碰壁得罪人。

自校友会上我与你认识走到一起后，你也曾尝试做过生意，但终告以失败，且欠下了为数不小的债务。就在无路可走的情况下，你决定向远在上海家境富有的舅舅求助，你告诉过我从小舅舅就很喜欢你，因父母亲离婚后跟着父亲的关系，才和舅舅渐渐疏远了。

还好，你没有费多大周折便联系到了舅舅，且在他那里借到一笔钱，之后我们算过，这钱最多刚好还债。不过未料到的是在不久后，你的舅舅便打电话问你愿不愿意去上海，说是无意听朋友说他的广告公司需要人手，报酬亦极高。

虽然你接到这个消息便问我意见，我却看得出你听完这个电话后眼神充满了期许与愉悦，你是很想去那个梦寐以求的大都市的。

你知我爱你，当然是希望你有成就感，而非像蜗牛一般躲在自己小小的世界，你应该有展示自己的大舞台。

我一直相信，你是个优秀的男人，欠缺的只是机会。虽然这样想，但走前那晚我在你的怀里还是掉了泪，你捧着我的脸亲吻我的眼睛，你说傻瓜，我过去安顿下来便会把你接过去的，我们不会分开太久，相信我。

我当然相信，你的缱绻柔情你的温馨承诺，都如同你身体的温度，真实而虔诚得毋庸置疑。

我开始等待。

起先你两三天便会打来一次电话，我们一聊便聊上多个小时，为了节约电话费，我们约定信件联系，让信笺来诉说彼此无尽的思念，自打那后，收到你的信便成为了我最浓烈的渴望。

红笺小字，说尽平生意，你在信里总会重复着当初离开时的承诺，你会说晨雪，我一定会来接你的，不会太久了。每每这时，我都会觉得是一种满足与安慰。我亦这样反复地告诉自己，不会太久了。

直到现在，我还是这样相信，你会回来的。这个信念如此坚定，从未因时间的流逝而消失或退减过。

虽然这个信念放进现实中来是这般脆弱，因为现实便是，我失去了你的消息。在你离开的短短三个月后，我便失去了你的消息。你的手机变成了空号，而信件，也均被一一告之查无此人地退回了，并且连我找到你的父亲仍是不得而知。

但我却依旧坚信着，你会回来接我的，因为爱，这份爱便是唯一的理由，无懈可击的理由。

你知道吗，柯柯是个惹人疼爱的小孩。我一空闲下来便会到姑妈家看他，每次都不忘给他带阿尔卑斯过去，虽然姑妈常说小孩子吃多了糖不好，但我迷恋他在用白净的小手接过糖时那纯洁得宛如天使般的笑靥。

是的，天使。唯一能带给我快乐与希望的小天使。

我喜欢给他讲故事，讲伊索寓言。每次都会不忘给他讲伊索寓言《冬天和春天》的故事。我喜欢这个故事，柯柯也喜欢，他从不厌倦。我会抱着他坐在膝盖上，用手腕圈着他，柔声地给他讲。他不会像其他小孩子那样听故事时总反反复复地问个不停。他会很安静地坐在我的膝盖上，睁着那双美好的大眼睛望着我，认真地听我说话。

最近姑妈说柯柯老想看金字塔，自从他看了电视中那个有金字塔的画面后。当时柯柯指着画面对姑妈说，为什么房子是尖尖的呢?

姑妈讲到此处时笑个不停，她说，这个小家伙还嚷着一定要去看这样的房子呢?

我望着柯柯的脸，这样一个可爱的天使。我告诉柯柯，在他满5岁的那天带他去看尖尖的房子。

当然，我是不能带他去埃及的。但我想我可以带他去世界乐园，让他看看仿造的金字塔。

自从失去你的消息，不再写信的我便习惯写日记。当夜渐渐静下来，我会坐在书桌前，开始用笔尖倾诉我对你的思念。

日记已有厚厚的一叠，亦沉积了我深深的思念。夜晚的灵魂是脆弱的，仿佛袒露得寻觅不到任何地方藏躲。思绪在记忆里打转，很多时候，我无法将日记一下子写到最后。白色的纸张上，纯蓝的墨迹被眼眶中无意滑落的东西打湿，继而变得模糊，我的心便开始剧烈的疼痛，犹如被撕碎般，令人窒息。

我却从未放纵自己肆无忌惮地哭过。每每这个时刻，我会离开书桌，走向窗口，让夜风毫无保留地穿透进来。

就这样，颊边的湿润刹那被吹干，而眼里的晶莹也顷刻被吹散。就这样一直站着，当情绪便慢慢平复下来，我便能够重新回到书桌前继续我的日记。

在我闭上眼睛入睡时，我是会感到特别恐惧与不安的。我害怕睡得太沉，怕万一就这样睡下去无法醒来，怕再也见不到天使的笑靥，怕听不到你回来拥着我说爱。在你走后的每个夜里我都似乎没有熟睡过。所以，我不确定闭上眼睛后，那些脑海浮现的点点滴滴到底是我想来的，还是真正是做的一些梦。

而当天际泛白，我睁开眼的那一瞬间，我是愉悦的。我想，也许就在下一分钟，你就会突然出现在我的面前。带着那熟悉的微笑说，晨雪，我回来了。

不管日子是怎样滑过皮肤，我坚信你有一天会回来的，如同我坚信柯柯以后会长成一个俊朗的男人一样。

9 月 22 日了，天气晴朗，阳光柔和，我抱着柯柯坐在公交车上。柯柯将脸贴在我的怀里，他睡着了。垂着长长的微翘的睫毛，像个可爱的洋娃娃。我低头注视着他，禁不住漾开了笑意。我用手轻轻抚着他红润的小脸蛋，他略被惊动，但仍没有醒过来，只是嘴角牵动了几下。

终于到站，我有点不忍心地小心翼翼地叫醒了柯柯。柯柯直起身子，揉了揉眼睛，看了看窗外，没有看到尖尖的房子，他说。

我笑了起来，用手理了理他凌乱的头发说，因为房子在那个墙里面呢？

我牵着他的小手站在世界乐园门口。

9 月 22 日，是柯柯五岁的生日。

这是我第二次来世界乐园。第一次来的时候似乎是很遥远的事了，是你带我来的。

记得你说置身于这些闻名又陌生的建筑物中，可以满足你小小的虚荣心，仿佛真的在周游全世界。你说这些话的时候，眼睛发着光，如同孩子般的稚气。我面带笑意地凝视你，听你说着你的梦想——那个带着心爱的人站在他喜欢的那些世界闻名的建筑前的梦想。

更记得你站在耶稣十字架的塑像前，拉起我的手，亲吻我的指尖。你说晨雪，知道吗？不管我有什么梦想，它们都不能没有你，我觉得幸运，能够让我在这辈子遇上你，不管生命会怎样轮回，我的爱却只能为你存在，晨雪，我爱你。

我正这样想着的时候，柯柯拉了拉我的衣角说，那边好多鸽子啊。

我猛地回过神来，听到柯柯又问我，鸽子不怕他们吗？它怎么飞到人家的手里呢？

因为它知道大家都爱护它呀，我笑意盎然地说着话，然后牵着柯柯往广场上走。柯柯突然抬头望着我说，我们把爆米花拿给它们吃好不好？他的话让我忍俊不禁，我说柯柯，它们不吃爆米花的。柯柯噘着小嘴问我那叔叔阿姨他们在喂它吃的什么？

我抚着柯柯的头问他是不是想喂鸽子，他点了点头，然后蹲在那里看别人喂鸽子。

于是我指了指不远处的小卖部告诉柯柯我去买鸟食，随即快速地走向小卖部，买好两袋鸟食后，我转过身，望向柯柯。

柯柯依旧蹲在那里，但他已伸手在喂鸽子了，他的旁边多了一个陌生的女子，那女子正蹲在他的身边，面带笑意地和他说着什么。

我不免一惊，赶紧朝那边走了过去。

我将鸟食放入柯柯的手心，柯柯笑着望向我说，刚才阿姨让我喂鸽子了。

我微笑着看了看他旁边的那个女子，说了声谢谢。

那个女子亦是礼貌地回以一笑并用普通话说这个小朋友好乖巧，他多大呢？听我说柯柯 5 岁，她又笑道，比我儿子大 3 岁，我儿子可淘气了。

听她这样说，我不由问她是否带了儿子一道来，她答来了，说是刚吵着要喝汽水，他爸爸便带他去买汽水去了。随后我不由问她是哪里人？她说她是上海人，先生是本地人。前几天才来这里。这次是陪先生回来的。

刚说到这，柯柯拉了拉我，示意让我再给他鸟食。我把鸟食倒进柯柯手心，然后看着柯柯用小手轻抚鸽子的羽毛。

怎么去了这么久？我听到那女子说话并站了起来。接着，有个声音传进了我的耳畔，他说，这个小家伙突然又说要吃冰淇淋，所以绕到那边去给他买去了。

于我而言，这是多么熟悉的声音。这个声音我白天想着夜晚梦着，与之魂牵梦萦，我怎么能忘？

我慢慢站了起来，缓缓转过了身。

就在这一秒里，我的头脑轰的一声，思绪一片空白。

是你，真的是你。

杜帆。女人叫着你，然后微笑着朝我看了看便介绍说这个是我刚认识的朋友。

你怔怔地望着我，脸上有种无法言喻的表情，似乎有千分诧异万分惶恐，但，很快，很快便掩饰过去了。

你说，嗨。

我翕动了一下唇，说，嗨。

爸爸。你抱着的小男孩叫道，他睁着那双美好的大眼睛，用手指了指柯柯手心里的那只鸽子。

爸爸这两个字使我的心猛地抽痛起来。那种夜里才有的脆弱突然在身体蔓延，一种窒息之感霎时袭来。

我深深地吸了口气。然后对你微笑说，我先走了，还有些想看的地方没去玩，得抓紧时间才是。

这时，你的太太对我说不如我们一起吧？要不然，我们去那边的咖啡厅喝点什么？

我微笑回绝了，我望着眼前的你，望着这张让我日夜思念的面孔说，我想去耶稣的十字架前感受一下曾经的某些气息。

听闻我的话，你凝视我的眼里像是闪过了疼意。

我拉起柯柯的手转过身，叫他与你们道声再见。

你低头看着柯柯，又抬头望着我，眸中霍然溢满惑意，像是有某种询问。

迎着你的目光，我笑着微微摇头。

你永远不会知道，当转过身的一瞬，我的眼泪是怎样的汹涌而出。

牵着柯柯的手一步一步地走，我能感觉背后有你的目光，虽然步履沉重，我却一直向前，我告诉自己不要回头。

此时此刻，我才深知，我徒守一段自以为美好的时光，而那段时光，却早已被你遗忘，已然无息，已然无痕。

柯柯望着我，轻轻地问，妈妈，你怎么哭了呢？

我怎么哭了呢？悲恸之余，我终究领悟，宛若那歌词所唱：只有那沉默无语的我，不时地回想过去。

赠我空欢喜，留我独角戏，当一首旧歌结束，我亦只能这样说，再见。

是的，再见，杜帆。

最后的晚餐

1

我不知道这个女人是怎样找到我的住址的，在我打开门尚未看清楚她容颜的时候，只听到耳边“啪”的一声，紧接着我的左脸一阵炽热与疼痛。

你给我听清楚，如果你再和林志建在一起，我不会放过你的！女人用手指着我，凶狠而恶毒地抛下这句话后扬长而去。

我站在门口，思绪渐渐清晰。虽说完全不认识这个女人，但已明白了来者身份。我知道该来的终是会来的，两年的日子过得并不轻松，毕竟想从别人的手里抢不属于自己的东西是万般困难的事情。

我的身份放在现实中来，只可得到别人的唾弃，说得好听点叫第三者，说得不好听叫情妇，就得通俗点就是一小三儿。

不过我却是不这样认为，我并未做错什么，爱没有错，要错的也只是在错误的时间遇上对的人而已。

40 岁的男人事业有成并不是吸引我的缘故，林志建也曾问过我这个问题，问我究竟爱他什么？

他这样问我，我并不生气，他的怀疑虽然一方面是对我爱他的不确定，而另一方面倒是隐隐透露着他的不自信，他是害怕失去我的。

但我确实爱他，深爱。

从两年前在店子里他将橱柜里最后那套玻璃器皿让给我时，我就被他那双深邃而灼亮的眸子完全给吸引住了。最后在收银台他主动替我付账把那套玻璃器皿买了，也就在那一瞬，我就预感，我和眼前这个英俊而成熟的男人会有故事。

2

点上一只七星，我盘腿坐在沙发上，拨通了林志建的手机。

童童。林志建那好听的声音传了过来。

我吐出一口烟，缓缓说道，我想你了。

呵，小傻瓜。他轻柔的笑声极具诱惑性地窜进了我耳里。很眷恋他的笑声，次次听着都有心动的感觉，如此奇妙。

童童，不能和你聊了，有人敲门。

嗯。你去做事吧，我等你下班后回来吃饭。

“回来”是我在约林志建时的惯用词儿，它让我觉得温暖与舒心，里面蕴含着家的味道，好像这个男人可以正大光明地被自己拥有。

好的。他犹豫了几秒后回答到。

坐在镜子前，用手抚摸着微微红肿的脸颊，很奇怪，除了皮肤上的丝丝痛意外，倒也没有什么其他感觉了。本应该象征性地流几滴眼泪来给自己做个交代，可是我连敷衍自己的兴趣都提不起来。

在我很仔细地扑上一层粉后，留下的那几道指痕被掩盖了下去。

我懒懒地换上那条真丝长裙与黑色细高跟凉鞋，提上菜篮走出了家。

记得林志建曾笑言我提上菜篮的样子很滑稽，我压根儿就不像是会和柴米油盐打交道的女子，我应该是那种身穿名牌服装，拎着漂亮的手提袋，神情悠然地逛逛街、喝喝咖啡、上高档餐厅享受浪漫的烛光晚餐的高雅女子。

每每回想起这段话，我的心就会莫名悲伤。虽然和林志建在一起将近两年了，可是他并不了解我。

我很期望那种居家过日子的平淡普通，哪怕被沦为庸俗。

我对幸福的定义其实很简单，不过是可以和心爱的男人待在温馨的小屋里，让他吃着我亲手为他做的菜而已。当然，将这种期望放在林志建的身上，是极为天真的行为，我可以允许自己偶尔像个孩童般做做虚幻的梦，但却不能陷入梦境被其纠缠。

3

买菜回来细心地弄了几道菜后我看了看表，差不多六点，我想林志建应该快来了。

这样想着，禁不住微笑了。双手撑在餐桌上，我享受地望着面前的五菜一汤。

很快，门铃响了。

打开门，林志建将一大束娇艳欲滴的玫瑰放进了我手里，随之吻了吻我的左颊，童童，我好想你。

我笑着用手指点了点他的鼻尖，你的嘴可真甜，等会要用好吃的塞住你的嘴。

拉着林志建的手在餐桌前坐了下来，我浅浅笑着夹上菜放进他的碗里，不急不缓地开口，哦，对了，忘了告诉你一件事。

他略带笑意，温柔地注视着我，什么事？

你老婆今天来过。我淡淡地道，一字一句却很清晰。

顷刻，笑容僵在他的脸上，你开玩笑？

我不慌不忙地咽下一口汤，对了，她给了我一个耳光，就打在你刚刚吻我的左颊上。

真的？他仍是不置信地问，但语调已隐隐透露出不安。

我侧头看他，唇角依旧含着笑意，你觉得我像是在说假的吗？

他深吸一口气，你怎么才告诉我？

现在才记起。我平静地看着他，看他突然异常紧张起来的表情，感觉自己似乎正渐渐接近一个想知道但又不想刻意找寻的答案。带着一丝嘲弄，我继续道，纸是包不住火的，不是吗？

林志建终忍不住地愤怒起来，你……你简直……

我平静望着他，正准备听他会怎样开口责骂我时，门铃骤然响起。

一刹那，林志建感到了什么，而我也十之八九猜到了什么。

我很镇定地站了起来，林志建却一下子拉住了我的手腕，不要，童童，不要去开门。

我眼神冷漠地扫过他的脸，忽然发觉他的脸竟让我如此陌生，陌生到我无法不去怀疑他是否就是我深爱的那个男人，我浅浅一笑，如果你害怕，可以找个地方藏起来。不过，我会很看不起你。

几秒钟后，他放开了我，好，让我去开门。

4

我想林志建此时一定是抱有赌一把的心态去开的那扇门，但是很遗憾，他输了。

随着林志建打开门后接踵而来的是他不知所措地叫了声，方慧。

我从容地向客厅走去。

那个女人尖厉刺耳的声音顿时像炸弹一样在小小的房间里轰动，你不是说和客户去谈生意吗？这个婊子就是你谈的生意吗！

我没有任何表情地看着，像是看一场与我毫无关系的闹剧。我的目光落在林志建的脸上，在这种情况里，我倒很想听听这个男人会怎样言语。

但是，他什么也没说。

你让开！女人嚷着推开了林志建，急促而响亮的高跟鞋声向我倏地袭来。

当她挥起手臂，准备重蹈覆辙地做一遍几个小时前对我所做的那个动作时，我毫不客气地迅速伸手挡开了它，并且用平稳得连我自己都觉得惊讶的语气说，你这种脾气，怎么能够让男人死心塌地爱你。

她怔了一下，然后转身朝林志建哭着吼去，姓林的，我们离婚，我要你一无所有！

这句话显然是击中林志建的要害了。记得他曾无意提及过生意的主控权在岳父手里。那时我还玩笑似的圈着他的脖子问他会不会因为这个下狠心离我而去？他笑着答，当然不会，他说他还会在不久的一天把我娶回家。虽然这个所谓的不久已远远沉积在逝水流年中，但我还是依旧相信着他的话，相信我在他心中至少是占有一席之地的。

我的目光回到林志建的脸上。

方慧，你误会了。他慌乱而焦急地上前解释着，我承认以前和童童有来往，可是我觉得错了，我不能再对不起你，所以我决定离开她。就因为我要和她分手，她才提出要我陪她吃最后一顿晚餐。

我的思绪一下子凝滞了，他的话像尖锐的玻璃深深刺进了我的心，痛得让我窒息，以前种种美丽在这一瞬间统统灰飞烟灭。

原来我错了，而且错得如此一败涂地。

他们仍继续拉扯着。

真的，方慧，你要相信我，你一定要相信我！林志建急迫解释，那溢满哀求的眼波亦随之向我投了过来。

我凝视着他，凝视着那张棱角分明的脸，在心里默默对着这个自己曾如此深爱的男人说道，这将是我为你做的最后一件事情。

我咬了咬唇，接着听到自己冰凉的声音飘了出来，林太太，对不起。因为林志建提出和我分手，所以我请求他陪我共进最后一次晚餐。

5

在他们关上门的那一瞬间，我怔怔地站在客厅里，眼泪终于忍不住滑落。

房间里又恢复了平静，似乎什么也没有发生。

走过去，我坐在了餐桌前，吃着还没有吃完的晚餐。

梅诺很幸福

1

MOON 是一家咖啡厅，是姜以寒送给梅诺的。

梅诺常想没有几人理解她对姜以寒的爱，这其中也应该包括姜以寒自己。他似乎并不相信这个比自己年龄小一轮的女子对自己是付出真心的，她爱的无非是自己给予的物质而已。

这个世界没有几人会认同做小三儿只是单纯地为了爱一个人，仿佛做第三者定是要怀有不可告人的目的，可梅诺爱他，深爱。就算是万劫不复的地狱，她想，她也咬牙跳了。

梅诺是北方人，从小父母离异的她就跟着爷爷奶奶住。

17 岁，梅诺便离开了留给她童年悲伤记忆的家，来到了南方的这个城市。

一天，她无意中看到一家餐厅招服务员，便进去试试。老板娘是个和气的中年女人，见梅诺年纪不大就只身出来打工很是同情，再加上梅诺的恳求，终于让她留下。

就这样，梅诺遇到了姜以寒。

梅诺永远忘不了第一次见到姜以寒的情景。

那是个周末，他与几个朋友来餐馆吃晚饭，在梅诺端最后一碗汤上桌去时，他的朋友突然地转身，梅诺霎时被撞得失去平衡从而失手将汤泼出去大半碗。

姜以寒的朋友当时怒气冲天地对着梅诺吼。梅诺端着剩下的半碗汤不知所措地站在那里，忘记了热汤烫手的疼痛。

当时的情景十分混乱，另外几人都站起来训斥梅诺，就算是老板出来解围也不起丝毫作用，说是把那人烫伤了，又说那人的衣服可是名牌，总之梅诺要负上全部责任地赔偿。

梅诺垂下头，口里一个劲地反复道歉，眼泪终于像断线珠子滑落了下来。

姜以寒就是这场闹剧的终结者。梅诺已记不得他当时说了些什么，但最后总算是平息下来了，不仅如此，居然还什么也没有让她赔。

姜以寒说，小妹妹，你进去洗洗手，看有没有被烫伤，伤着的话就赶紧上点药，不然发炎了就不好了。

梅诺抬头时触到他柔和的眸子，那一刻，她忽然觉得温暖而安稳，一切一切恐慌全然无影。

那个时候姜以寒并不很富有，他开的服装店就在餐馆附近。

在以后的日子，姜以寒来的时候，梅诺会远远地望着他，有很多次他不经意地侧头，于是他们的视线相撞，梅诺的脸便一下子红起来。

想必姜以寒是了解梅诺对他的感觉的。一次梅诺上菜时他给了她一张名片，他说，以后有什么困难就给我电话，我会帮你。

不久后，同一餐馆做事的女子要去另一城市打工，问梅诺要不要去，说是有熟人在那边可以谋求到一份好工作。

梅诺想了很久，终于跑出去给姜以寒打电话。

她喘着气，紧紧地握着话筒。

姜以寒，她叫着他的名字。

他答，嗯。然后在电话那头静静地听着她的呼吸。

梅诺终于鼓足勇气说，姜以寒，我或许要离开这个城市，但是你可以把我留下来，如果你要我的话。

说完后彼此都沉默了，梅诺的脸有些发烫，那一瞬间她仿佛听到了自己的心跳声。

半晌，他开口。

梅诺，她听到他笃定的语调，我要你。

那晚，在一个灯光昏暗小旅馆里，梅诺将自己完完全全地交给了姜以寒。

当他的头埋在她的胸口，她能感觉到有泪水从他的脸颊滑落，渐渐地，她听到他的抽泣声。

梅诺并不明白他为何哭泣，她用手抚摩着姜以寒的头发，虔诚地对着他低语，我爱你。

2

梅诺从不觉得爱上姜以寒是种错误，他是那么好的一个人，从他身上她得到了久违的温暖。

记得有一次姜以寒很认真地问梅诺后不后悔，她将他的手掌紧贴于自己的脸颊上，虔诚地道，以寒，我爱你，永不后悔。

就这样过了六年。

前年姜以寒在外地开了多家分店后便忙得不可开交，梅诺实在无事可做，于是告之他要出去找工作的打算，姜以寒想着自己逐渐忙起来无暇陪她，便托朋友出面买下 MOON 送予给她。

从起先租的平房到如今买的电梯公寓，姜以寒真的待她不薄，梅诺明白除了名分，他什么都愿意给予。

这天姜以寒从 A 城给梅诺打来电话，说这个星期因有生意要谈便会留在那边，仍是不能回来看她。

梅诺柔声道，嗯，没关系，你只身在外要好好照顾自己。

虽是这样说，但心中还是会觉得空荡荡。上个周末姜以寒回来也只是给她电话嘘寒问暖了下，说妻子生日，所以要陪她过周末而不能去看她。

想象着他们一家三口出门游玩的温馨模样，梅诺心中不免酸楚。

梅诺没有见过姜以寒的妻子，不过倒是见过她的照片。当梅诺窥视到姜以寒的皮夹有照片时，便乘他不注意时偷偷翻开他的皮夹看到了那张全家福。

她比梅诺想象中漂亮。一脸恬静的笑，端庄而美丽。她将头斜靠在姜以寒的肩上，怀中抱着刚满周岁的女儿。

这张全家福是姜以寒女儿满周岁的时候照的，因为照片上印有“囡囡周岁留影”的字迹，时间是 2000 年。想必姜以寒很爱这张照片，之后梅诺也有很多次地想看他们近期的照片，但每次翻开所看到依旧是这张。

姜以寒从不在梅诺面前多讲他的家庭，他只简单提及过他和妻子是大学同学毕业不久便结婚了。

他曾对梅诺说过一句话，她在我的生命里是很重要的人，梅诺，无论我多爱你，我都不会离开她。

听完这话，梅诺自知她在他心中的分量是多过自己的。

3

这几天天气迅速冷下来。大概是没有及时加衣的缘故，梅诺似乎有些感冒。头晕晕的不说，连东西也吃不下多少，看到过于油腻的食物更觉反胃。

一个晚上从 MOON 回家的途中，天空飘起雨来，梅诺被淋湿了。待到第二天醒来，只觉头重脚轻人像虚脱般。

中午强打精神去路口的诊所看病。

坐堂医生是位态度温和的中年女人，把脉询问了梅诺各种症状，很仔细地配了药说道，并无大碍，最好以后要注意照顾自己，毕竟是怀孕的人了。

梅诺瞬间愕然，怀孕？

医生很是惊讶，是啊，你怀孕两个多月了，你不知道吗？

哦，梅诺慌张地应，我最近生活规律有点乱，也就没有注意到身体。

匆匆回家，六神无主地坐在沙发上，梅诺脑里一片空白。

怎么办？梅诺不禁喃喃自语，要告诉姜以寒吗？应该告诉他吧。

这样一想梅诺便立即拿起电话，可刚拨了两位数字，却又沮丧起来。记起姜以寒曾经说的那些话，他早已事先声明过，他是永远不会离弃他妻子的。而她此刻告诉他的话，他定是会斩钉截铁地让她拿掉孩子。

可这个孩子于梅诺而言，就是一个希望。

虽然梅诺并不想那样恶俗，不想象司空见惯的第三者故事那样，握着这一最后的筹码威胁一个男人抛弃原配娶了她，但就目前她与姜以寒这种死水般的关系，这孩子的确可以是一个转折点。

4

罗淑芳是在 11 点来到 MOON 的。

她径自走向吧台，看了看梅诺问，你就是老板梅小姐？

梅诺放下手中正擦拭着的杯子，是的。

当对方说出姜以寒的名字时，梅诺才警觉眼前这个女人来找自己的目的。

大概是时间隔离远久的关系，眼前女人的样子和梅诺所看照片有所出入。

但梅诺暗忖，就算是姜以寒的妻子又如何？无论怎样我也不会被她几句话给唬住的，况且我手里还有一张王牌，起码肚里这孩子也可让我放肆地跟她赌一把。

如此想着，梅诺开口，我爱姜以寒，如果你是来让我离开他，我想我们大可不必再谈下去。

梅诺先发制人地说，语气笃定。似乎也只有这样才能掩盖此时内心的慌乱。

听着梅诺的话，不料对方并未动怒，平静道，我知你爱他，他也爱你，要不然他也不会托人选中这咖啡厅送予你。

梅诺想大概是替姜以寒物色这咖啡厅的中间人漏了口风。于是接着说，所以，除非是姜以寒本人亲口叫我离开，否则就算你是他太太也不能这样独断地要我走。

她开口，我叫罗淑芳，我不是姜以寒的太太，他是我姐夫。

听着女人的话，梅诺一下觉得可笑，难道姜太太还想动用家庭关系来截断我和姜以寒不成？那就叫你姐姐来和我谈判好了。梅诺说着站起来想离开。

罗淑芳连忙说，梅小姐，我不是来谈判的，我只是代我姐来看看你。

什么意思？梅诺不解地问。

罗淑芳看着她，目光柔和，其实我姐已准备和姐夫离婚了。我姐夫现在还不知道我姐有这个打算，我姐一直期待有个人代她好好地爱姐夫，照顾姐夫，所以当知道有这样一个你，姐姐与我讲起，叫我无论如何都代她来看看你，她说真的希望你以后能好好地爱姐夫，一生一世陪在他身边。

罗淑芳这一席话让梅诺困惑到极点，知道丈夫婚外恋，还毫无怨言地自动离婚成全他们，世间竟会有如此的事？

罗淑芳说及这里，神色黯淡下来，说，我并非你所谓的是来谈判，我姐之所以没有来，是因为……

话及此处，罗淑芳的眼眶忽地蒙上了一层泪雾，她停顿了一下后再道，我姐她早在十多年前因一场车祸截去双腿，虽然很想来看你，只是有心无力罢了。

梅诺猛然震惊，怎么……怎么会这样?

罗淑芳强挤笑意，天意弄人。那还是 2001 年的事情，姐夫骑摩托载着姐和不满两岁的女儿囡囡同一辆违规货车相撞，囡囡当场死亡。

罗淑芳的眼泪滑落下来，姐姐虽说是保住性命，但却未能保住双腿。姐夫为此痛不欲生，他对着病榻上的姐姐掩面流泪。这是我第一次看到一个男人会如此失控痛哭。其实这并不能怪姐夫，姐夫当时也伤得不轻，这全是那个开货车的司机酒后驾车造成的，但姐夫却仍内疚自责，一天天，一年年，直至现在。姐夫的自责让姐姐十分难过，她深知并非姐夫之过，如让他背负这种桎梏一生一世是多么残忍的事情。所以姐姐也常常想着让姐夫另娶，每每提及此事，总遭到姐夫的断然拒绝，为此，姐夫还当着全家人的面对姐发誓今生永不另娶他人。

罗淑芳讲至此处，眼泪已是断线珠子，满面泪痕。所以梅小姐，你大可不必怀疑我们是为着拆散你和姐夫，只要你真心爱他，我姐定会主动提出离婚。而听到你起先说的那些很是坚决的话，我知你对姐夫的真心实意，这样就好。

得知这意外的事实，梅诺发起怔来，这瞬，她终于明白了姜以寒所说那句永不会离弃妻子的话有着怎样的含义，也终于明白了他的皮夹里为何永是那张 2000 年的全家福。

梅诺理解他心里的那种疼，那种触目惊心的伤岂可是能用时间抹灭的?

罗淑芳是个善良的女人。她真以为姜以寒抛开了她就真能卸下心中的那份沉重吗?

梅诺想，纵然自己嫁给了姜以寒，自己的爱也是掩盖不了他对太太的愧疚与心疼的，不仅掩盖不了，反而会让他内心的沉重更胜一筹。

梅诺爱姜以寒，但她终是不得不承认，姜以寒的太太比她更爱他。

5

或许姜以寒不会了解梅诺为何做这样的选择，对他的所有交代只写进了信里。

梅诺就这样悄声地离开了这个城市，从哪里来便回到哪里去。

四月的阳光真好，透过大片大片的核桃树叶缝隙柔和地洒落。

坐在院子外的核桃树下，梅诺仰头感受着这份惬意。

将手掌轻放在凸起的肚皮上，梅诺满足地微笑。

一切一切，恍如隔世。记忆中有些什么都无所谓了，好的坏的于梅诺来说，都是值得的，因为她就这样记取了一个梦，这个梦会随着孩子的出世将所有的美好延续，直到她的生命结束。

梅诺微笑，我是幸福的。

一叶知秋

她喜欢在网上某个社区贴些心情文字，后来无意间发现篇篇帖子都有一个叫“一叶知秋”的跟帖。

他的跟帖也极其简单，不过一句话，喜欢这篇或不喜欢这篇。

她想，大抵他是个喜欢简单的人，如同他的名字般。

一叶知秋，异地皆然。一片树叶掉下来就知道是秋天来了。她这样想着的时候，禁不住笑了，就像之后她这样对他说时，他说她像个孩子。

本来她的社区资料上并未留下QQ，但她却下意识地把资料重新改了，留下了QQ。隐隐地期许，希望某个人看到。

果然没多久，她上QQ时看到有人加她为好友的请求。点开那个人的资料，一叶知秋。

仿佛是期待了许久的愉悦，她点下了通过验证。

那晚，他们第一次聊天，却未曾想到居然像老朋友般熟稔，自然且有默契。

他说他猜她正咬着苹果优哉游哉地和他聊天。

她笑了，问他还知道什么？

他说他知道很多，于是一条一条地把她的喜好说了出来，她喜欢的颜色，她喜欢的季节，她喜欢听谁人的音乐，她喜欢看谁人的书。

看着屏幕上的那些字，她有些失神。想必他是很认真地看过她的文字，因为这些她都在字里行间提过。

那一刻，她忽然有种莫名的感动。

就这样聊着，直到天际开始发白，她才依依不舍地向他道晚安。

只需要一点，便知晓许多，就像一叶知秋这个名字一样，恰似她心底的感觉，从第一次聊天开始，她就感觉自己像是跳入一个漩涡，定是要越陷越深。并且她还能肯定，肯定他也会有和她一样的感觉，他是喜欢她的。

或许她性格上最大的缺点就是不懂得隐匿，在情感的世界里，这个败笔注定了自己会处于下风。

第二次聊天时，她便直接问了他是否喜欢上她了？

他反问，你以为呢？

她回答，是的。

他打出个笑脸说了句你很聪明。

她便也反问他一句，你是否也会有我这样的聪明呢？

她这样暗示着他，以为他也会如她一样地坦率。不料他却一下子沉默了，当她耐着性子等着回复，没想到等到的只是他一句下线的道别。在她还来不及问原因的时候，他的头像已成灰色。

她就这样对着电脑发了呆，想不通他突然下线的理由。

如此这般，她不觉困惑与伤感。

难道是自己自作多情了？那他为什么要承认喜欢我？这样想着时，她一阵挫败，不免认为他是在玩猫与老鼠的游戏，其实不过是逗她玩。

就这样，挫败之后愤怒也随之而来，于是她干脆点击鼠标，从好友栏里删除了他的名字。

为了平衡自己的心情，她决定戒网一个月。

不过说起来容易做起来难，失败的是两个星期后，她还是控制不住挂上网做蜘蛛了。

习惯性地先开 QQ，再打开常去的网站。不过 QQ 里已没有他了，她看着其他人的留言，也懒得去回复。

她下意识地打开那个社区上的所有帖子，也并未见他在帖子后留言。

最后一点希望就是信箱了。她带着忐忑不安的情绪打开了信箱，里面显示：新邮件 13 封。

她一阵欣喜，点开查看，当页面展现的瞬间，我怔住了，里面十三排显示的主题均是——我想你了。

原来他每天都会发给她一封信，每天都会向她倾诉他的思念。

她的眼眶不禁变得湿润起来。

她仔细地看这些信，十三封信里，他讲述了他的生活，工作，家庭。原来，他比她大整整 11 岁，已经结婚很多年了。他有个很美好的家，一种无可挑剔的美好。妻子是他的大学同学，曾经陪他渡过了很艰难的创业期，所以他说他不可以背叛他的家庭，他的妻子，他的女儿。但他却还是忍不住喜欢上了她，这让他内疚与羞愧，他觉得他的心已经苍老，而她，那样年轻，在他面前，她只是个孩子。他不知道怎样面对她的直接，所以那天才不知所措逃脱般地选择匆匆下线。但他还是克制不住对她的强烈感觉，他虽然无法在现实中爱她，但在这个空间他会对她全心全意。在信的最后，他问她的电话，他说如果可以，他还想亲口告诉她这些话。

看着这些信，她的泪水开始无法遏止地一次次落在键盘上，她在心中反复地说着傻瓜傻瓜傻瓜。

在给他的回信中，她留下了手机号码，并且任性地说道，我不在乎一切外在的事物，就算你真的只能在这个空间爱着我，我也毫无怨言。

那天午夜她接到了他的电话，他的声音如她想象般的成熟动听。他说，我想你，很想很想。

他说这句话时，她猜着他的样子。他应该有一双深邃的眸子吧，她渴望有一天他会用这双让她心动的眸子凝视她。

从那以后，他们不再通信和聊 QQ，因为他天天都会打电话给她。他们一聊便是好几个小时，她是如此迷恋他的声音，迷恋他用耳语般柔和的声音叫她的名字。

他和她在同一个城市，虽然她不知道他所处的具体位置，但通过手机的来电显示，她清楚了他在哪个区。加上有次他无意间说过他喜欢去林荫街散步，那么她想他的住址应该离那条林荫街不远。

了解到这些让她感到愉悦，她有些控制不住地想要靠近他一点，与他的距离再近一点。哪怕只是走他走过的路，看他看过的事物，对她而言，也是一种莫大的幸福与满足。

这于她是一种诱惑。原来为了自己喜欢的人，真的是可以心甘情愿去做一些傻傻的事。就像她坐在公车上，兴致勃勃地欣赏窗外的风景，一站又一站后，来到城市的另一方；就像她微笑抬头看着那个路牌，然后缓缓踏行在那条路上；就像她不时地去注视身边擦肩而过的男人，猜想他们之中有没有一个就是他呢？

对于这种单纯的快乐，她乐此不疲，周末漫步林荫道似乎也成为她的一种嗜好。只是，每次回到家，却又不免怅然失落。

依旧是周末的一个傍晚，她又乘坐公车来到林荫街，刚走到路口，远远地看到了一个男人和一个女人，他们牵着一个扎着两条辫子的小女孩正谈笑风生地从她的对面走过来，走过来。

她怔怔地站在那里，看着他们离她越来越近。

这其实与她无关，她并不清楚这个男人是不是一叶知秋，但是一种莫名之感却笼罩住了她，忽然地，她就想起了他说过的那句话，他说他有一个很美好的家庭，所以他无法背叛，也不可以背叛的。

她的脚步像生了根，眼前这幅画面仿佛正验证了什么，而与之同时，在这幅画面前，她发现自己竟是那么渺小薄弱，那些自是以爱的名义所滋生的想法却是那般可笑，瞬时，她终于领悟了什么。

她深深吸了口气，快步地向前走去。然后与那个比她看起来大很多岁的男人擦肩而过。奇怪的是这一刻，她的心情是如此从容平静。

次日，她换掉手机号码，注销了社区的 ID。

后来回忆时，她依稀想起那个陌生男人朝她凝望的眸子，他有一双深邃的眸子。

绝境之地

1

容梓君回到了西安。记忆里的2002，恍如隔世。

于容梓君来说，昨天宛如汽车反光镜，镜中只是过往，那些过往被一个名字充塞得满满的。然而这个名字，亦不过是交付似水流年，成为回不去的昨天。

那是怎样的一个昨天，怀揣怎样的悲恸？落败的女子，坐在逃亡的列车上，就算时间如同风在窗外呼啸而过，她还是觉得慢，巴不得能快点，再快一点。

八年，一个女子的八年，空用来遗忘与告别一段往事，有时容梓君也会问自己，值吗？

不是因为父亲的大寿，容梓君不会再踏上这个让她流了太多泪的城市。

2010年，四月的西安，似乎还停留在冬天，雪花不肯离开，难道它亦是贪恋春的绿么？竟忘记自己不属于这个季节，抵死相留，于四月天空飘飘然然舞一场。

西安，西安，别来无恙。

站在火车站的出口，容梓君裹紧单薄的外套，后悔没有事先问问程桓之西安的天气。

她以为就算离开八年，于西安自己仍是熟悉的，恰似旧时知己，不管隔了多远，却应有默契。白云蓝天，或风或雨，它懒洋洋的气息，都应是记忆里的样子。却不料自己的想法，竟是一种偏执。容梓君禁不住自嘲一笑，自己终究是走得太久，那种自信竟是自负。这个世界，可以把握的究竟有什么呢？这座城，它仍在这里，却早已不是旧时模样。

容梓君拖着行李箱缓缓前行，下意识抬手看腕表，之前在火车上，程恒之发过信息说大概还有十分钟就到火车站了，他应该到了吧？

几分钟后，容梓君兜里的手机开始唱起，啦啦啦告别二十岁的脸，啦啦啦我们说好会再见，哭了笑了记住每一个爱你的人，永远。

容梓君从包里掏出手机，屏幕上显示着程桓之的名字。

容梓君微笑，将手机放在耳畔。

依旧是温暖的声音，他说，看到你了，回头，我就在你身后。

容梓君颇为诧异，缓缓转身，抬眼望出去，视线里行人匆匆，隔着人流，灰色身影熟悉，程桓之就站在那里。

她朝着他微笑。

容梓君想，她与程桓之，相互熟悉，熟悉的程度近乎自我认识。

就像此刻，于人流中，他能一眼认出他。

程桓之，仍旧是谦谦君子的模样，淡淡那抹笑，总叫人心生暖意。

其实两人月前才见过，程桓之每年都会到上海去看容梓君，年年如此，八年来从未间断，于这份根深蒂固的友谊，容梓君是感动的，要不是知道程桓之一直是爱着夏离，容梓君甚至以为他爱着自己。

2

夏离，容梓君想起这个名字，心里仍是一阵疼。

上天真待她不薄，姣好的面庞，傲人的身段，就连声音亦是那么动听，容梓君就算是女子，听着她口里唤的那一声声梓君梓君，都不免心生甜意。那时候容梓君想，真好，有这么一个美女姐妹。

有次在公车上，容梓君听前座的两个女子谈话，一人对一人说，我一同事每次都和闺蜜出双入对，她还以为她是好姐妹，殊不知，有次我在商场遇到她闺蜜和她男友挽手购物，想必她都被蒙在鼓里呢，真是可怜。

听着这话，容梓君失了神，她以夏离为荣，但会不会就此忽略，她那份美丽背后，又隐匿着怎样的危险？想法一出，容梓君又暗骂自己想得卑劣。夏离绝对不会是那种女子，她毕竟是和自己同窗多年的好姐妹。

那些年，两个人同吃同住，牵手走过校园的每个角落，认识她们的人，都知道她们胜似姐妹，而在容梓君心里，她的确就像自己的亲姐姐般，容梓君曾经以为彼此会是一生一世的姐妹。

然而，谁都不曾预料，因为一个人的出现，于彼此的世界，已在悄然间落下一笔，像是某种暗记，随着时间，终究衍生成一道决裂的分割线。这个人，就是邱晨飞。

邱晨飞是美院的学生，很喜欢摄影。

容梓君永远不会忘记他们初识的情景。那天天空忽然飘雨，容梓君顶着本大 16 开的杂志一路小跑，本是要到对面公车站等车，却是在离车站几米远的地方愣住了，她居然看到一个男孩子拿着一部单反相机正对着她拍，回过神来的容梓君很是生气，当下黑了脸到他身边质问。男孩放下相机，抬头对着容梓君粲然一笑，他说，这些照片一定很漂亮，明天我会把相片给你的。

他的声音真好听，容梓君心想着。其实看到他笑容的一瞬，容梓君的愠恼已然敛去大半，这个男孩子笑得坦然纯真，不带丝毫痞气，容梓君隐隐感觉，他不会是个不好的人。

于是就这样，容梓君认识了邱晨飞，彼此的圈子也就自然相扣，容梓君便认识了邱晨飞的哥们儿程桓之，而邱晨飞也就认识了容梓君的姐妹夏离。

那时候，一有闲暇时间，四人就会聚在一起，

容梓君性情温和，比较安静，与程桓之很相似，反之，夏离与邱晨飞却比较活泼外向。

说及这点，夏离就贴在容梓君耳边玩笑说，知道不梓君，你和邱晨飞就叫互补。

听闻夏离的话，容梓君也开着玩笑，那你与程桓之也互补互补？

夏离一听这话便去挠容梓君的痒痒，嘴上娇嗔道，梓君梓君，你居然还学会贫嘴了，都是邱晨飞那家伙把你教坏的。

两个小女子嘻嘻哈哈扭成一团，容梓君虽是玩笑话，然心底却是想夏离与程桓之能成一对的。

在容梓君眼里，程桓之其实并不逊色于邱晨飞。邱晨飞给人一种阳光帅气朝气蓬勃之感，但程桓之却有一股邱晨飞所未有的清俊儒雅气质，唇边那抹淡淡的笑，宛若鼻端绕过的那抹绿茶之香，清清淡淡，却叫人恬静舒适。容梓君认为，他这种性情与夏离那种风风火火的性情正好，这一静一动，郎才女貌，很是相配。

容梓君将自己的想法告知邱晨飞，邱晨飞笑起来探手捏捏她的鼻尖说怎么你也开始变得三八了，指不定不用我们瞎操心，人家已经开始暗地发展了。这话听得容梓君不明所以，赶紧追问，邱晨飞告诉她，说其实自己早给程桓之说过夏离人还不错，人又长得漂亮，让他去追她，程桓之虽说没有直接说追，但亦是赞同邱晨飞的话认为夏离的确是好。后来有几个朋友打赌叫程桓之去追班上的班花，程桓之当下拒绝参与这样的游戏，说自己已经有喜欢的人了，之后邱晨飞问程桓之他心里喜欢的女孩是谁，是不是夏离？程桓之就微笑，就算他没有说，但看那神态也就是默认了。

没过多久，邱晨飞的话似乎得以证实。那个周末，四个人一起去登山，在下山的时候，夏离的脚崴了，疼得眼泪都下来了，程桓之不仅蹲下替她揉着脚踝，还主动提出背她下山。容梓君看着程桓之背起夏离时，禁不住侧脸与邱晨飞相视而笑，心想看来程桓之心里真的是喜欢夏离的，这不明显是心疼夏离，关键时刻就奋身站出来啦。

之后容梓君向夏离说起程桓之，夏离就对他大加赞赏，容梓君心领神会，想起邱晨飞的话，容梓君就笑着说，可别真被晨飞说中，你们两人还真是偷着交往不告诉我们，这样太不够朋友了。夏离一怔，回神笑起来说，梓君你和晨飞真坏，要是我跟程桓之恋爱了，就偏要悄悄地交往，气死你们。

从那以后，大家再聚在一起时，容梓君与邱晨飞就自然把程桓之与夏离看做是一对了，有时四人去餐厅吃饭，干脆直接叫两份情侣套餐，程桓之与夏离也并未说什么，容梓君心里估摸着两人还真是在恋爱，虽然这种做法不像是夏离的风格，不过容梓君又转念想，这程桓之本来就是云淡淡风清清的性情，夏离这样或许是为了迁就他，看来这个妮子还真对程桓之不错。

一年后毕业了，容梓君准备像他们一样留在西安，却接到母亲的电话，说继父在上海这边认识一些身份地位颇高的朋友，让她去上海工作。

虽然心里已然有所决定，但容梓君还是看着邱晨飞的眼睛问他，晨飞，你许我离开吗？

邱晨飞将她的手掌按向自己的胸口，为了你的前程，我想说同意，可是我却听到我的心说不许，梓君我不愿意你离开我。

言毕，望着眼前的他，容梓君抿唇浅笑，而眼泪，却簌簌滚落下来，她将脸贴上他的胸膛，心下暗语，晨飞，女人的好前程，其实就是遇上一个好男人，而这个男人却又是她所爱的。他对她好，就算是粗茶淡饭也当拥有了整个世界，他对她不好，那么就算全世界最美丽的东西在她眼前，也只不过是满目疮痍的残缺。

就此，容梓君留在西安。半年下来，与夏离见面的时间少了些，但每个周末四个人都是要聚上一聚的。

这天又是周末，四个人聚在出租屋里吃晚饭，邱晨飞说起房价涨得太厉害，本来准备买房子结婚了，却要等上一等了，两年之内要加把劲赚钱。

夏离打趣说，就算你是摆地摊的，相信梓君亦是会蹲在一旁陪着你，在她眼里，只要有你，无论有多苦，也当是值得。

邱晨飞笑着握了握容梓君的手，我不会让梓君吃苦的，我相信我会给她最好的。

夏离一听，故意夸张地一晃手，太酸了太酸了，全世界都知道你邱晨飞爱容梓君，全世界都知道你们幸福得跟什么似的。

邱晨飞大笑起来不示弱地回应道，谁叫你与程桓之要走低调路线，那我与梓君只有唱高腔了。

夏离一愣，随即瞪眼，居然当着梓君奚落我，不行，要罚酒，罚酒……

容梓君失笑地看着斗嘴的二人，目光不由瞟向程桓之，没想到撞上程桓之的目光，如此，程桓之微微一笑，伸手拍了拍夏离的肩，少喝点。

夏离掀开程桓之的手，别说这些，是哥们儿的话，也来两杯，咱今晚不醉不归。

听闻这话，邱晨飞哈哈笑起，夏离你不是这几杯就开始醉了吧。

夏离嗤之以鼻，谁说我醉，你是怕了吧你，我告诉你，我夏离酒品可是出了名的好，就算醉，自个儿也认得路回去。

这晚，夏离果真是喝多了，其实邱晨飞也醉了，不过他醉着口里嘟噜着就倒沙发上睡去了，而夏离又是吐又是闹，那酒品和好字沾不上丁点边儿，这边吐完，那边又再吵再来喝再来喝啊，最后还哭起来，拉着容梓君说，梓君你多幸福你多幸福啊，我真的好羡慕真的好羡慕……

还没等容梓君说话，程桓之已经一把拉过夏离，扶住她说，我先带她回去了。

容梓君连忙叫他们不如就在这里住一宿，程桓之却说不住这里了，反正他家也不远，又说容梓君还得照顾晨飞，也有得忙的。

时间就这样滑过，转眼半年过去了，又一个十一月。容梓君渐渐地发现邱晨飞有些异样。每次回家来总是显得很疲惫，而且明显比以前瘦了不少，还常常心神不定，容梓君有点担心，不免问他最近是怎么了，是不是工作上出了什么问题，邱晨飞说没事，就是太累了，容梓君心疼地叫他注意身体。

有次容梓君又看到他站在窗口失神，她走过去从身后环拥住他说，晨飞，在想什么呢？

邱晨飞若有所思地说，梓君，不管发生什么事，无论我变成什么样子，你都会陪着我么？

是的。容梓君虔诚回答，忽然一下警觉邱晨飞的话，不由一问，你怎么这样说？

邱晨飞转身，将她拥入怀中轻轻说，梓君，我知你不是个贪名图利的女子，为了我你情愿留在这里，你对我这么好，这一生能碰上你是我的福气，不管怎样，我只想你过得更好。

听着他的话，容梓君想，他定是卖力地工作，竭力于彼此更好的未来，可是看着他消瘦的样子，她真的很心疼。

容梓君如实说，晨飞，就像夏离说过的那样，只要有你，无论有多苦，也当是值得。

邱晨飞没有再说什么，只是将容梓君拥得牢牢地，容梓君感觉到肩头的一抹凉意，他流泪了？未料到他会这般感动，容梓君在他怀里微笑着轻语，傻瓜。

3

容梓君看着眼前那一排排的商铺，她记得这里曾经是某单位的家属楼，有偌大一个院，院中栽有不少树，她小时候喜欢到这边玩耍，如今开发得如此繁华热闹，不是与任阿姨一起，她还真会迷路了。

容梓君挽着任阿姨，边走边与她谈着人事变迁。于容梓君来说，任阿姨虽称不上继母如母的感觉，但对她仍是充满尊爱的。当年父母离异，父亲经人介绍娶了任阿姨，她一直待梓君如亲生女儿般，后来容梓君搬出去，对任阿姨不舍的感觉比父亲更甚。

说着说着，任阿姨提起程桓之，说他会时常来看他们，每次去上海之前也总会来问问有没有东西需要捎给容梓君的，还有夏离，这些年亦是时不时来看看他们，前段时间还来过，问起容梓君来，他们还告诉过她容梓君会回趟西安的事。

听着任阿姨的话，容梓君一怔。从八年前离开西安后，她与夏离再没有任何联系，确切地说，从那个十一月以后，她便不想再和这个名字有任何牵绊，如同另一个名字一样。

记忆里的那个十一月，于容梓君而言，是一生中最让人凛冽刺骨的冬天。

容梓君还记得，那个窗口前的拥抱，竟成邱晨飞与她最后的亲密。

就从那天后，邱晨飞竟像变了一人。他突然对她淡漠，对她是一副爱理不理的样子。不仅仅如此，他开始早出晚归，就连周末，亦是回来得很晚。有时容梓君等门到深夜，见他满身酒气地回来，她伸手想替他脱去外套，他却挡开她的手说不用了，说自己脱就可以了。对于日益明显的异常，容梓君忧心忡忡，充满困惑，她试图问邱晨飞是怎么了，反而被他说成是她整天疑神疑鬼的神经质。虽然没再问，但容梓君心内隐隐觉得，会有什么事情发生。

这天，邱晨飞事先说好要回家吃晚饭的，但是容梓君等到天黑他还未归，她不免担心，于是给他打手机。不曾料到的是邱晨飞竟然说临时有点事所以就不回家吃饭了，容梓君口里应着知道了，却意外地听到电话那端有人连唤晨飞晨飞，容梓君当下一愣，正待此时，邱晨飞一句“就这样了”便挂掉电话。

容梓君握着话筒，心内已然不平，那个女子的声音，她听得明朗清楚，最让她不安的是，那个声音于她而言是熟悉的感觉。

容梓君突然想到她在电话里听到了音乐，是那首经典的《dying in the sun》

想到这里，容梓君立时侧身拨动了一串号码，几秒后，夏

离在电话那端说喂，而随之出现的还有一首曲子，同样的《dying in the sun》

没事，打错了。握着话筒，容梓君的手止不住地颤抖。

挂了电话，容梓君眼泪迅速地冲出了眼眶，如潮肆意地不断涌出。

夏离与邱晨飞是什么时候开始的呢？或许他们早就在一起了，夏离这么美丽，邱晨飞恐怕第一眼就喜欢她了。容梓君忆起那次在公车上听到的那段对话，其实自己就像别人口里的那个可怜同事一样，只不过是瞎眼聋耳一直被蒙在鼓里。

几个小时后，邱晨飞回来了，他似乎并未注意到红了眼睛的容梓君，他径自走到客厅，开了电视坐下看。容梓君侧头看他，她真的觉得他变了太多。人的心恰似一间房，若你是住在他心房的人，你便成了他最珍贵的宝，若然不能，便只能是多余，多余到似若尘埃。

此时此刻，容梓君也终是明白了这段时间他对她为何会有这么大的转变了。原来，不是因为工作而忽略她，却是因为另一个人走进了他的心里，她却只能被那个人挤到他的心房外。而这个人，竟不是别人，却是自己曾渴望做一生一世的好姐妹。

电视里的声音充盈着整个房间，邱晨飞像是漫不经心地换着台，忽然地，他兜里的手机铃声响起，却不过几秒，又霍然停止。

邱晨飞看看手机转头笑笑说是陌生的号码，看来是骚扰电话。

容梓君静静地注视他，这个解释却在他极不自然地笑容下，显得那般拙劣。随后，邱晨飞说应酬还真累，去洗个澡早点睡觉。容梓君嗯了声，待邱晨飞去了卫生间后，容梓君跟了过去，在门外，她听到邱晨飞在打电话，他说，她刚刚在跟前儿呢，我知道，好的，你在家等我，明天下午七点我过来。

4

程桓之将咖啡递入容梓君手中，容梓君不由说，记得你以前说，要喝就喝自己磨的咖啡，这样才原汁原味，想不到这么多年来，你还是喜欢自己磨咖啡。

程桓之微笑说有些东西，久而久之也就成为习惯了。

那是你有耐心，容梓君端着杯子在鼻前闻了闻接着说，真香，速溶咖啡和这差别确实大。

程桓之不置可否地一笑，然后问容梓君准备在西安待几天。

可能后天就回上海。容梓君说到这，思绪一滞，略有所思，她抬眼看着程桓之说，夏离去看过我爸，她应该知道我回到西安来了。

程桓之似乎并不诧异，一脸无波，容梓君轻轻叹息，我想我们终会见面了。

程桓之说，见面就见面吧，或许，她想跟你说些什么。

说些什么？容梓君嘲弄一笑，难道还想叙叙旧不成？

程桓之啜下一口咖啡，唇角边一抹似有似无的笑，不再说什么。

容梓君看着他，真觉得他脾气太好，都说风过留痕，但这些年，他从未在她面前提过夏离这个名字，像是这个女子从未在他生命中存在过，或许，她是他心里永远的伤吧，如同邱晨飞于容梓君一样。那些深入骨髓的痛，那些渐渐结疤的伤口，只想着拼命去掩，哪里还敢轻易掀。容梓君想着，正因如此，所以他与自己有了某种默契，她不说的，他从来都不问不说，而她所说的，或许他早是心领神会，所以听着便好。

容梓君是不愿见夏离的，不见，是因为不原谅。就像八年前离开时抛下的那句话，我永远不会原谅你们。

是的，不原谅，不仅仅是对夏离，还有邱晨飞。

容梓君永远无法忘记那个七点半，当她敲开门，夏离是怎样愣在那里。

当时的容梓君并未闯入屋内，她就站在门口，微微垂头目光扫过地面，只这一眼，便让她觉得再无入房探究竟的意义，只这一眼，便得以求证某种推断已成无懈可击的事实。

地上摆放着的那双鞋，曾是自己亲手所选。

这种熟悉，落入眼里，像生成无形的利器，将容梓君的心狠狠地割开一个口子，让她瞬时有撕心裂肺的疼。

夏离似乎这才缓过神来，她吞吞吐吐地叫着她的名字，问她怎么来了。而随着她声音的响起，容梓君在泪光中隐隐看到昨日枕边人。

伤口上撒盐是什么感觉？对于前一分钟痛到极点的容梓君来说，已是辨不出何种滋味了。

平日里善言的夏离在这一刻好像亦是不知所措地失语，倒是邱晨飞说了一句，对不起。

对不起这三个字，终让一切尘埃落定。

站在那里，容梓君突觉刺骨的冷，那种凉意从脚底蔓延至全身，她紧握住手，想努力控制住身体的颤抖，她没有去看邱晨飞，只是冷眼望着眼前的好姐妹说，一个女人被深爱的男人背叛会很伤心，但是一个女人被信任的女人背叛却是痛心，你们，同时让我尝到了这两种滋味。我，容梓君，永远不会原谅你们。

5

父亲虽是过大寿，但寿宴办得很简单，席间多是亲戚，容梓君坐在一桌正客套地与堂妹闲话家常，忽然地，她看到了另桌的夏离。

八年，真是弹指一瞬。

两两相望，容梓君的心下已然翻滚难静，她不是该恨她的么？何以此时，竟有了一种哽咽唏嘘之感。

她们，早已不是一起携手在校园里奔跑、挽手在街头吃着烧烤的孩子了。

多叫人遗憾，待岁月流逝，昨日本应生成一本珍贵的纪念册，却因为一个名字，让那些弥足珍贵的曾经已然不堪回首，

她如此看着她，对方亦是如此看着她，或许这刻，某种酸楚，同有此感吧。

夏离微微一笑，容梓君终究没做任何表情，扭过了头，继续和堂妹说着话，不再看她。

席散，容梓君下意识地寻望夏离的身影，却不见她。

容梓君不免有怅然之感，她想，这样也好，她们或许真的

没必要再碰面，夏离不过是想看看她过得好不好，而于自己来说，她并不想了解她与邱晨飞过得好不好。

傍晚，容梓君正陪着父亲和几个叔伯聊天，门铃响了，容梓君打开门，看到了夏离。夏离微笑，去喝杯咖啡吧。

坐在咖啡厅里，容梓君淡淡地看着夏离。

容梓君想，八年之前，夏离没说什么，而自己也没有给予她机会说什么，八年之后，夏离会说什么？是你还恨着我吗？是我与邱晨飞都心存愧疚？还是一句你现在过得好不好？

旧人已逝，不要恨下去了。夏离如是说，抬头一瞬，泪水蒙了眼。

容梓君诧异的表情溢于言表，夏离顿了顿，继续说，还记得我们念书时看那部《留住有情人》后我说过的话吗，我说过我不相信这种事会发生在现实中，至少不会发生在我们身边。只是未曾想到，凡事没有绝对，它不仅是发生了，还发生在我的身边。邱晨飞，他就像维克多一样……

说到这里，夏离哽噎住，没有再说下去。

邱晨飞真的不在了么？那个昔日那么朝气蓬发、那么健健康康的男子，真的就这样从这个世界消失不见了？

容梓君看着她，怔怔地看着她。

就在泪水静静滑落中，容梓君听到心底的声音，听到自己这样说，那些昔日的错，若是错着就让它错着吧，谁背叛了谁，还计较什么呢？对于今日今时来说，一切好坏都不再重要了，就将它们放任于那段时光中，因为那段时光，已然流水般，连同那个名字，一去，永不复返。

半晌，夏离说，梓君，程桓之真的是个不错的男人。其实一直以来，他爱着的人，是你不是我。

容梓君再次一愣，她困惑的皱了皱眉，夏离，他怎么会爱我呢？他爱的人是你才对。

夏离摇摇头，梓君，其实，我与他都知道彼此心底藏有一个人，而那个人却是别人的恋人，你还记得有次我们去登山，我的脚崴了他背着我下山吗？我当时是有些感动的，在他背上，我悄悄地玩笑问他是不是喜欢我了？他却很认真地说不是，只是把我当朋友，我又说那就是做给他们看了？他没有说话，但我明白他其实是不想你担心，更不希望由邱晨飞来背我。还有次我在你家喝醉了，后来他说我酒后失言，还好他能及时带我离开。这些年，我与他偶尔也会见见，他说他没有告诉你晨飞去世的事情，说你从未提过我与晨飞，从未提及过去的事情，他知道你是想与昨天断得彻底，宛如你当初不顾一切地离开这里一样，所以你不拒绝见他已经很好了，就这样陪着你他也觉得很开心了。梓君，他真是处处为你考虑着。

听着夏离的话，容梓君将记忆里某些片段联系起来细细想。

见她仍是怀疑着，夏离微微叹息说，梓君，你觉得一个男人，还是一个很优秀的男人，这么多年不愿交女友不愿结婚，却愿意时时跑到另一城市去见一个女子，如果单纯地以朋友为由，这也未免牵强了些，就算他找了很多原因说只不过是顺道来看看你，可是这不是一次两次，八年了，梓君，你真傻，除了爱，还有别的原因吗？

容梓君的眼睛再次起了雾，她想着，是啊，她真傻，这八年来，程桓之到上海来似乎有很多理由，然而，她却从不曾想过，那些理由都不是理由，爱，才是唯一的理由。

在顿悟中，容梓君听到夏离说，从开始到现在，这么多年了，轰烈爱一时很容易，悄然爱一世却不容易，安静地陪一个人，从一时走到一世更不容易。梓君，遗憾与否，很多时候，其实就掌握在自己手中。

6

夏离回到家，接到容梓君的电话，听着她问到家了么，这种关切，让夏离很是欣慰，八年来，这是容梓君第一次给她打电话。

拉开抽屉，夏离拿出一个盒子，盒子里装的是照片，这些照片，全是邱晨飞所拍，这是邱晨飞去世后，她从他家拿回的。

一张一张地看，夏离终是泪流满面，晨飞，我帮了他们，就像当初帮你一样，我相信，梓君会像你所希望的那样，她一定会幸福的。

夏离爱着邱晨飞，可她亦是明白自己不可能与他在一起的，所以，就像程桓之一样，她只是将这份感情隐匿于心底。

容梓君永远不会知道，邱晨飞生病并非她离开西安后，却是还与容梓君在一起时，他发觉自己身体愈来愈不适，去了医院检查，当得知结果的那一瞬，他如雷轰顶，几乎不愿接受这个事实，待渐渐平静，他决定无论如何也要瞒着容梓君，他很清楚容梓君的性情，要是她知道他得了不治之症，她一定会不离不弃地陪他走到最后，然后带着对他的思念与遗憾，在郁郁中度过此生。邱晨飞不想亦不愿她那样过一生，更不希望她看到他最后难看的样子。所以他找到了夏离，求她无论如何也要帮他演一场戏。他告诉夏离，只有将容梓君逼到绝境之地，她才会选择逃生。

邱晨飞对她说，将一个人伤到极致，她才会死心。只有让她彻底地走出他的世界，她才能重新开始另外的生活，才能看到更美的风景。

当邱晨飞站在门口说那句对不起时，其实并非是因为背叛，而是为着自己这个残忍的决定，他不求她能理解，只求上天能成全他的良苦用心，而最后，容梓君果真不顾一切地离开了西安，这个结果正是邱晨飞想要的结果。

夏离陪着邱晨飞走完最后，到最后一刻她都没有告诉他自己隐匿在心底的那份爱恋，她像个朋友般陪着他，她答应他永远不告诉容梓君真相，让容梓君能毫无挂牵地幸福生活，她流着泪看着邱晨飞安详地闭起眼睛。

夏离将盒子抱在怀中，喃喃自语，晨飞，你知道吗，其实被逼到绝境之地的又何止梓君一个人，除了她还有我，而她却比我幸运，因为她可以逃生，而我，却永远不能。

7

容梓君坐在车里，侧头看着开车的程桓之。

程桓之笑了笑，从上车到现在，你都一直盯着我看，是不是有话说?

容梓君亦是微笑，昨晚，夏离与我去咖啡厅坐了坐，她告诉我一些事情。

程桓之嗯了声，他能猜到夏离已经把邱晨飞的事情告知了容梓君，而容梓君也已原谅了他们。

容梓君顿了顿说，她还说，其实你爱着的人不是她。

程桓之一怔，他确实未曾料到夏离连这个也会说出来，他没有出声，静静听着容梓君的下文。

她说你爱那个人很久很久了，一直放在心里，是真的么？

听着容梓君的话，程桓之点头一笑，夏离一向比你聪明。

是啊。容梓君同样点点头，我比较后知后觉，不过，最笨的人，还是你。

程桓之莞尔，有句话怎么说来着？子非鱼，安知鱼之乐。

容梓君没有再说话，只是微笑，侧过头去，看着窗外一晃而过的风景。

抵达火车站，程桓之替容梓君拉着行李箱，两人朝着入口走去。

缓缓地走在他的身侧，容梓君终是没再犹豫，伸出手，握住了他的手。

程桓之停住了脚步，转头来注视她。

如同几天前一样，车站人来人往，而这瞬，世界却像是没有了人潮的喧嚣，完全安静着，他们的世界里，只听到了一个声音，这个声音认真而清晰。

她说，之前在车上看着窗外的风景时，我在想，其实风景如何都已是不重要了，因为，我找到了陪我看细水长流的人。

程桓之凝视着眼前的容梓君，这一刻纵有千言万语，却无需张口，因为所有的话，都写在了眼里。他只是看着她，一如往昔地微笑，然后，将她的手握得更紧了些。

不要告诉他

1

我住在21楼。

很多时候，我站在窗口。

我并不是想将这个城市的一隅收揽眼底，我的对面亦是一幢电梯公寓，我如此站在窗口观望，是因为对面19楼住着一个男子。

他很喜欢穿卡其色的衣服，有时，他会站在阳台，手捧一杯热咖啡，透过袅袅而绕的热气，我隐约看到一张瘦削清癯的脸。

虽然，我看不清楚他的样子。但是我知道，他是个长相俊朗的男子。

我很清楚自己不会在这里住过一个冬天。在这个城市里，我不过刻意停留片刻，然后，继续自己应该的生活。

没事可做的时候，我喜欢在窗口学吐烟圈，或是看看旧的日记，抑或者坐在电脑前给子非写信。

写信之前我会在网上搜索相应的天气，然后再在信中一笔带过，譬如：这几天英国的天气都还不错。然后我会写写心情，再回忆回忆往事，或许，我还想说更多，可真正想要诉说时，却又显得那么力不从心。

子非，你还记得吗，你骑着单车拉着我去找《甜言蜜语》，如此一个非商业的电影，连我自己也快要放弃，却因为你的坚持，居然在连找了十几家音像店后终于找到了，那个星期，被我玩笑称作寻找日。

子非，这部电影结局虽然让看客很遗憾，可是我却觉得那样的结局于他们来说是最好。她永远不会知道他离开了这个世界，她以为各自会好好生活，带着对往事的回忆。

子非，你一定要照顾好自己。我，也会。

2

我知道19楼的男子是个好好先生，这是我在21楼住了10天后，不加思索给予他的评价。

他是典型的朝九晚五，准时上下班。就算周末，他也甚少出门。他会待在家里收拾房间，玩玩电脑，抑或者，在房间里走来走去。

最近，我发觉他会常常站在阳台上，微微抬起头，朝着我站立的方向望来。

每每他一抬头，我总是很惊慌，会贴紧窗口旁的墙，再慢慢探出头看。其实我并不是偷窥狂，可是对他，我却只能如此站得远远的，把他当做一道风景观望。

于我而言，他只能是，一道风景。

子非会准时给我回信，他总是喜欢选蓝色的信纸，那种天空的淡蓝，风轻轻云淡淡的感觉。我喜欢这种颜色。

安陌，我一直记得那部电影，也许你是对的，各自生活，至少记忆是不会被时间带走的。

安陌，济南的天气真冷，又是一年了，因为期待着你回来的那天，所以时间显得并不长也不难熬。原来有所期待，很多事情都会变得有意义，就像等待，想象着相聚，等待也是有意义的事。

安陌，我很想你。

没有看完子非的信，我关掉了电脑，静坐在屋子里，发着呆。

3

19 楼的男子有一双非常清湛的眸子。

这样的眼睛让我坚信，他的爱情亦一定澄清如水，若是爱着某个人，一定爱得很纯粹。

是的，他的眼睛，这次，我看得很真切，当我们同于早晨八点在小区外的公车站等公车时。

他斜挎着包安静地站着，他不知道，这时的我也安静地站在他的一侧。

他终究没有注意到我的目光，这样也好。

他等的公车来了，上车后，我看到他坐在窗口。

雾好像散了些，我怔怔地望着他，忽然间，他侧过了头。

他的目光像是落在了我的脸上，使得我霎时绷紧了神经，当我们的目光汇集，却不过一秒，公车开了。

望着公车远去，直至消失于我的视线，我才发觉脸上真的很冰凉，凉得心里生疼。试着把下巴没于围巾里，我缓缓转身离开。

我没有工作，从七点半就开始站在这里等，无非是为着他，想更近地看看他，就这样看看他就好。

子非还是会天天给我写信，每天夜里我打开信箱，都会显示有新邮件。有时附件里有新的照片，浅浅笑，熟悉的味道。

子非的信我每封都看得仔细，以前的，存储在信箱的，不止一遍地看，而现在的，虽看却不是每封都回，或者，回信很短。

子非问我，安陌，你最近怎么了？遇到什么事情了？是不是不快乐了？

子非，我很快乐。不管遇到什么，我都是快乐的，因为子非是安陌的快乐。

安陌是个快乐的女子，一直都是。

4

我在 21 楼只住了半个月。

我想，这 15 天会是我一生中最有意义的 15 天，因为我终于见到了他。

我曾经想过在这个城市留下来，可是这是种错误，而我也欠缺勇气，抑或留下来，会有另一种局面，我却没有勇气去打破那种局面。

离开的前一天，我仍旧站在21楼的窗口。

我抽着希尔顿，朝着空气中吐着不成形的烟圈。

19楼的身影缓缓地走向阳台，依旧捧着热咖啡。我知道这咖啡是他自己用咖啡豆磨的，我知道他喝咖啡从不加糖。

他似乎是注意到了什么，当我凝视他略微失神，他忽然地抬头看我，这次我终于没有躲，对着他微笑。

我不知道他看不看得清楚我的笑，如同我不知道他听不听得见我启唇说，再见，子非。

夜里我看到熟悉的信。

蓝色的信纸上，有这样一句话：安陌，我对面的楼里住着一个很奇怪的女子，她常常喜欢站在窗口抽烟，这让我想起你曾说过，你那个老是站在窗口学吐烟圈却怎么也学不会的闺蜜。

电脑的光真的很刺眼，我这样想，眼泪落了下来。

我发了最后一封email，子非，这是我最后一封信，不要再等我，请别问我理由。于你我要说谢谢，因为你带给我一段回忆，于我只能说对不起，因为我只能给你一段回忆。

关掉电脑，我开始收拾行李。

5

我不是安陌，我与安陌同在英国的一所学校念书，我是她的同学、她的闺蜜。

我与安陌无话不谈，有时会同挤一个被窝聊上整夜。

我们爱好接近想法接近，譬如，颜色，譬如，对男人的认可。

在我的印象里，安陌是个快乐的女子。

她总是喜欢笑，笑起来眼睛弯弯的，像极了“东爱”里的莉香。

如同莉香，安陌也有她的完治，那就是子非。

安陌在给嘉明的信里总是畅所欲言，谈在英国的所见所闻，谈学校里有个戴眼镜的教授总是嗲声嗲气，谈她与我打赌那个教授是不是个GAY。

或许，子非可以透过安陌了解到我，但那远远不及我对着安陌了解到他那么多。

安陌告诉我，她爱着一个男子。他叫许子非，家境不富有，现在也不过是个小小职员，所以，父母自然不允许自己家境显赫的独生女与穷小子有所纠葛，谆谆教诲万般阻隔，无奈，于是使出杀手锏，逼着安陌去了英国念书。

空间与时间，一向是爱情的硬伤，有多少男女爱得浓烈，最后仍旧输给它们。

可是，安陌相信，他与子非的爱情，抵得过一切，只要有所信念，纵然海角天涯，也不过一线。而那个信念就是父母在安陌临走前所给的一句话：待她学成归来，如果两人还如昔执著，就成全了这段爱情。

虽然不知道他们的爱在这种硬伤下会否有奇迹，但我明白，安陌深爱子非。

安陌离开中国的前夕，与子非注册了一个属于两人的共用信箱，约定好用这种方式述说彼此的生活点滴。

除此，无论什么时候，安陌的身边总是带着一个日记本，稍一闲暇，会拿出它。

我开玩笑，安陌，你在记流水账么？其实我明白，安陌说过，写写日记，就像是随时和子非在说话。

安陌咬着笔头笑。我看着那笑，读得出她眼中的幸福。

6

去年的夏天，安陌死于一场意外。

那个周末，我们参加同学生日，在他家狂欢至凌晨，当我们从他家出来，我才发觉自己忘拿了东西。

我与安陌都喝了酒，安陌不甚酒力，正扶于树旁休息，我让她等着我，然后摇摇晃晃地折了回去。

当我再出现在安陌眼前时，看到的是这样一幕：一个高大的男人左手正揪住安陌牢牢死守的挎包，右手则握着一把亮闪闪的匕首，月光下，那刀刃闪烁凌厉嗜血之光，如同那男人失去耐性的眼神。

随着我失控的尖叫，男人窜逃，我跌跌撞撞地跑向安陌的身边。

安陌的身体靠着树干徐徐滑落，腹部鲜红慢慢晕染，浅色衣衫变成鲜红。

安陌，安陌，我拥着安陌哭喊。

安陌想说什么，她握住我的手，指了指包，日记。

我从她挎包里抽出一个本子，那本日记，记录与子非的点点滴滴。

在这里，日记在这里，我抱着安陌，拼了命地抱紧她，安陌安陌，你不要睡，你不能睡，你还要回去见子非，安陌，子非在等你。

子非……安陌翕动唇。

我看着她，她的眸子一如往常的清亮，她微笑，泪水悄然滑落，最终却只说了一句，不要告诉他。

安陌闭上眼睛，像是安静地睡着了。

一枚胸针

她爱上了一个比她大整整十岁的男人。

她知道他已有妻有子，并且他也很明确地告诉过她，是不会放弃家庭给她名分的。

她不介意，反而他这份男人的责任感愈发加剧了她对他情感的深陷。

她在心中默默告诫自己，不可有破坏他家庭的坏念头。

于是，和他在一起，每每手机响起，她从他的表情中知道是家人来电时，她会自动离得远远的。

她小心翼翼呵护着他们的关系。她的善解人意让他深为感动，他对她说，除了名分，我什么都能给你。

这话于她来说，就是一个爱情承诺。靠在他的怀里，她暗自发誓就这样陪他走一辈子。

在她二十五岁生日的前一天，她算了算那天不是在周末，便提早给他电话，想让他在生日当晚抽时间陪她吃顿饭。

接电话时，他正在开会，说了句好便匆匆挂线。

生日这天，她耐心地坐在家里等待。

当饭菜都凉了他还是未到，她给他电话，他哦了一声后说正在赶来的途中。

来时，他给她道歉，称公司有事耽误了一下，她微笑着说没关系。

他拿出礼物送予她，她拆开看，是一枚胸针。

她的心蓦地衍生出一丝凉意，他忘了，早在几个月前，他送过她一枚一模一样的。

他问她喜欢吗？她强挤笑颜，答喜欢。

饭完，她收拾餐桌，他去了洗手间。

他挂在椅上的外套兜里突然传来嘀嘀的声音，她知道是短信提示声。

她知道那样不好，但压抑不住自己的某些想法，从兜里悄悄地掏出了它。

她点开查看：真不愿你回家，从你离开，我就一直在想你。

翻阅着类似那样暧昧的信息，不止一条。

她将手机放回他的兜里，端着盘碗安静地走向厨房。

临走时，他吻着她的面颊，他说，我会想你。

她对着他微笑。

次日，她收拾行李，离开了这个城市。

他失去了她的消息，他找过好久，但一无所获。

他在公司收到了一个她离开前寄出的包裹，里面有两个小盒子，盒子里分别装着他送的那两枚完全一样的胸针。

她相信，除了名分，他什么都能给她，但是，他的爱如同相同的胸针一样，它们的份数却不止一枚。

爱情，不在乎有多平凡，但倘若泛滥到平庸，也就失去守候的意义了。

爱情的样子

周末看《情牵一线》，明知这种跨时空电影实属虚构，却还是被影片的种种打动了。

她说，我知道爱情不是一件必然的事。但我多么希望能向你证明，无论是今天还是明天，也相信不管是今天还是明天，爱情都是会存在。

那个女子说得如此笃定，说着每个女子都想要说的话。

心中那根弦就这样被拨动，我想人生大抵总有一次会这样虔诚地对着自己说：我相信爱情。

爱情，它的本来面目是怎样的？我想应是纯粹得不含丝毫杂质的。似一扇玻璃，透明纯净。

这就是爱情的样子。

遗憾的是，待到时光流转，玻璃上铺满层层尘埃，如此一来，想要再看清已非易事。

若是像影片中所演绎的一般单纯，那样的爱情多好，纯真得如此之美，美得让人不由地湿润了眼睛。

起初都是最好的，记忆中的美好不会被岁月销蚀，如同我们今时今日还常常微笑怀念着的初恋。

真的是这样，喜欢一个人，不一定就要他知道，不一定就要跟随他左右。

也许，只是远远的相望，浅浅的微笑，暖暖的眼神。也许，这些所眷恋的并非是能拥有的，但依旧觉得满足，那种满足如同秋日的一丝阳光，朦胧而美好，成为生命里愿被记取的东西。

就像故事中的他们一样，在明亮宽敞的课堂上，坐在前排的她悄悄拿出镜子，微笑着从里面偷看后排的他；在雨丝飘落街灯淡射的夜里，他微笑着撑着伞送她回家；在医院里阳光洒落小树边，她微笑着用笔将祝福和名字签在他手臂打的石膏上。

爱情，其实不用要求太多。真的不用要求太多。继续或者结束，只要自己用心过，真实地感受过，就不会有遗憾。

你呢？是否也有我的心情？有似曾熟悉的感受？我相信有。因为，在这个世界，爱或被爱，相信我们都有过，像是昨天，有一句话一直徘徊唇边，以为可以有机会将它温柔地送到他的耳边，等到最后，那个机会早已在不知觉中溜到他人手心。

纵然错失了最初的爱，但我们仍旧愿意去相信无论哪个时期，无论哪个年代，无论哪个世纪，爱，是有的，它单纯得不含有任何杂质，不掺和任何外界的因素，真实地存在着。

这种真实，这种存在，是永恒的。我也这样相信，爱情不一定就是占有，就像电影中所诠释的，有时候，它是一种思念；有时候，它是一份牵挂；有时候，它是远远的、不变的祝福。不一定要攥在手里，不一定凝聚在一个人身上。

爱情，就像大自然里的风雨雷电，泽披万物。

领悟了爱的人才是成熟的人。也许要明白并不是一件容易的事，那就让自己学会慢慢成长。

记忆不会是苍白的，那些好的那些坏的储存在生命里都会是如此的珍贵。正因有它们，生命才不会单一和残缺。

是的，眼眸中有风景的路程是比一道灰墙遮盖住视线要值得吧。

不必怀疑，也不要迷惘，就算时空转换，就算人世变迁，无论是繁花似锦，无论是平淡如水，有种东西却始终是纯粹的，那就是爱情。

各自生活

各自生活。很喜欢这个词。

简单四个字，却似乎预言着另一种抉择。

于一段残缺了的感情而言，它是最好的出口。

这也是我对闺密所讲的一段话。当她亲眼证实到他的爱已不再纯粹属于她时，她只得无助地找到我这个朋友倾诉，最后无法遏止地掉下泪来，她问，怎样去拯救这段即将到头的感情？

凝视她悲伤的眼，我似乎从她身上看到曾经的自己。

想必她此刻也有与我当年一般的想法，耗尽着心思想要力挽狂澜。

只是最后自己也给不了自己答案，于是慌乱失措的求助他人，如此急切地想找寻到一种方式改变眼前的窘迫。

面临残局，谁都是心烦意乱的。拼了命似的地去挽回和补救，却往往事与愿违。

各自己生活吧。我记得我当时这样对她说道。

是的，各自生活。

事已至此，最好是平静下来细想一番，既然怎样也改变不了已成定局的事实，与其苦苦纠结其中，倒不如淡定放手，随它而去。

亦舒说，每一日都应该像生命中仅有一日那样珍惜。

的确，开心与否都要过日子，这一日去了也不会回来了。与其每天悲伤地度过，倒不如愉悦地度过。

毕竟，这世界并不止有爱情。纵然你真的把爱情看得很重，但至少也应该懂得一个道理：强咽变质食物，结果有害无益。

相信很多人也看过《放下即实地》的故事：有一个盲人要过独木桥，其实桥下早已干涸了，但他不知道。当他走到桥中间的时候，突然脚下一滑跌倒了，慌乱中他的手抓到了桥板，便死死地抓着桥板不放，实际上这时候他的脚几乎已经要接触到地面了，但他并没有察觉，站在他旁边的耶稣说，放开你的手吧，你的脚下就是实地。但盲人并不相信，仍是死死抓着桥板不放。终于，盲人的力气耗光了，他咬着牙在恐慌无奈中慢慢松开了手，忽然他发觉自己的脚真的踩到了实地。这时他才明白到原来他之前的苦苦挣扎是毫无意义的，反而在挣扎中受到苦痛，早知如此他就该果断放手。

这个寓言故事蕴藏的道理一看便可领略，耶稣早已把路指给他了，只不过他是不愿相信而已。

事实上爱情中的我们，也常常会犯同样错误，或许旁观者早已指出一条明路，可我们总是不听所言、不舍放弃地与所劝者背道而驰，到头来以为有所希望却往往只是失望。

是要山穷水尽，还是要柳暗花明，抉择权最终是掌握在自己手里。

各自生活，就算这样带着彼此的回忆生活，换做现在的我，我会毫不犹豫地选择这样。

试想，待某年以后回头看时，虽然还是会有淡淡悲伤，但更多忆起的会是一幕幕彼此曾经经历过的美好。

那时候会值得庆幸吧，为着当初的抉择。

各自生活，两不相干，到底是比鱼死网破的结果好得多。

蝴蝶书签

他们是从小长大的邻居，一起上学，一起放学，一起玩耍，一起回家。

她很爱蝴蝶，他为她扑捉过很多，并把蝴蝶做成书签送给她，满满的盒子里，存满了他做的美丽书签。

高中那一年她的家庭发生变故，父亲去世，母亲改嫁。

那个时候他告诉她，他们可以毕业后出去打工，两人共同努力，等到赚够了钱就可以回来结婚经营自己的家庭。

她看得到他的虔诚，但她拒绝了他的要求，她是个拥有太多梦想的女子，她知道自己的梦想是身在小镇的他不能给予的，安于现状地生活并不是她所要的。

他似乎了解她的想法，所以也没做挽留，离开的时候他把一枚做好的蝴蝶书签放进她手里。书签做得很精致，淡蓝的底色镶了塑封的边，美丽的蝴蝶张扬着翅膀，像在天空下飞舞着，他依旧用细笔在字边上写着祝福的词。他对她说，希望你幸福。

来到这个梦想中的南方都市，相貌出众的她很快地在一个男人的帮助下，如愿地立住了脚，并拥有了自己的一家店。

这个大她差不多一轮的男人对她确实很好，只是打一开始，他就和她摊过牌，什么都可以给，只除了名分。

她是个聪明的女子，很清楚在他眼里自己就像一只宠物，能给吃给喝，只要她够温顺乖巧。她告诉自己能得到想要的就够了，其他的不用太在意。

就这样，自以为寻到快乐幸福的她在这个城市转眼数年。

如果说 25 岁前时间可以任意挥霍，25 岁后的女人，无论如何也会开始懂得怜悯青春。随着时间的滑过，对着镜子里那张渐渐改变的容颜，她忽然发觉已无法再承受得起为着堂皇的梦想耗去时间。

她的不安让她变得不再聪明，过多的暗示让男人渐渐对他失去了耐性，一次她失控地要他给自己一个明确答案，这样的歇斯底里让他万般厌倦，终于在争吵中彻底离她而去。

万念俱灰的她在无意间翻出了那枚蝴蝶书签，她突然明白自己所谓的梦想其实终不过镜花，而真正的幸福原来曾近在咫尺。

收拾起行李，带着那枚书签，她返回到那个多年前离去的小镇，她想告诉他，她终于明白自己想要的是什么。

小镇已改变，她从路人的口中询问到他的家。

敲门的时候她想象着他惊讶的模样，想象着自己对着他说，我回来了。他会怜惜着像以前一样挠着她的头发吗？

门开了，她一眼认出了他，可是瞬间她的目光转到他身边的孩子身上，笑意僵在了脸上。

他正牵着一个几岁大的孩子，那孩子叫着他爸爸。

她从他的眼里读懂了那份无奈和痛惜，自己又何尝不一样呢？物是人非，似乎所有的言辞在这一刻都已苍白多余。

她深知这一切一切终是自己一手造就，无从选择，只有承受。从口袋里掏出了那枚蝴蝶书签，她平静递给他说道，我终于明白自己需要的是什么了，可是却太迟了。

在微笑中向他道别，转身的瞬间，她的泪水悄然滑落，那些最真实的幸福，其实早已拥有，只是人一味地贪恋遥远的风景才愚昧地将最近的美丽放逐。

自言自语

看一个爱情故事，看一个女人如何爱一个男人，看他的眼神从浓变淡，看她从陶醉到心碎。

一段爱情，不过花开花谢的时间，却已是面目全非。

很久没有想念一个人。

或许是很久没有想念一个人了，不敢体味似曾相识的感觉。所以，虽说还差几页就可以看到故事是否有奇迹发生，终不忍再看结局，合上书页后，眼眶有点潮湿。

我曾认为，爱情不是得了不治之症，可以尝试去寻找一个奇迹。快要枯竭的爱，宛若站在几万英尺的高空往下跳的举动，义无反顾，不留余地。只有等待死亡在瞬息坠落，绝对不会有丝毫生还的希望，出现奇迹的希望。

饮食男女，没有柏拉图的圣洁。

所以在彼此的世界，爱情会生会死。它的生是我们的年轻，幻想着它将用一生来延续。它的死是我们的老去，结局了然于心，只能亲手剥落它美丽的外衣，然后眼睁睁地看它像水汽般蒸发。

轰轰烈烈的爱情已经历不来，渐渐归于流水的、乏味的生活，不待见年少轻狂的奢侈。不是不想，而是不能。当某天经过路口，拾起书包上的装饰链还给孩子，听到她说谢谢阿姨时，望着她一蹦一跳的背影，才猛然惊觉，生命已消耗不起曾经光彩粲然的虚空。

爱情死了。承诺死了。属于昨天的自己又怎可存活在今天？

故事终止，结局会是怎样呢？是完美或是残缺？是幸福的微笑还是黯然的遗憾？

想起曾经看过的一句话：遗憾是你无法像从前那样爱一个人。

爱情大都是这样的吧。起先是幻觉中的美丽，于是欣喜，泡沫的色泽渐渐失去原有的光彩，于是遗憾。不为遗憾它的黯淡，而是发觉，在等待它消失的过程中浪费了生命中最珍贵的时间。要彻底明白有多难？待到领悟时，难道真的已白发斑斑？

因为有所遗憾，才明白珍惜的道理，而明白这个道理时，才知道有些东西已成追不回的记忆，最想珍惜的东西已成为磨灭不去的伤痛。让人笑着流泪的伤痛。

因为心痛，才知道错过。

雾里看花的感觉，就像那句当局者迷的老话，所以能懂得的便是走出这个局面的旁观者了。

只是，能走出爱情圆圈的旁观者有几人？

看一个爱情故事，我坐在阳台上淡淡地看一个爱情故事。感动的时间不过片刻而已。

恒久之光

凌晨，在网上看东西，无意地打开一个帖子，一首熟悉的曲子缓缓萦绕耳畔。

“有多久没见你，以为你在那里，原来就住在我的心底，陪伴着我的呼吸……”

帖子里写满了一个女人对一个男人的思念，断断续续地忆着曾经彼此在一起的时光，那些温暖的片段，让我这个看客也莫名感动。只是待最后才明白，原来这个和她分手多年的男人如今已身为人父。

带着好奇，我点开她的文集，原来在很长的时间里，她就这样淡淡地敲出自己的心情，或是写一整篇或是只一小段。我想，也许她就这样写着，像是在自言自语地说，只写给自己看，那种心情不觉难过，却是幸福。

想必每个人都有一段最为深刻的感情，有一个最爱的人吧，纵然最后没有执子之手走到最后，事过境迁仍是会想起他（她）的眼神，深深眷恋着曾经他（她）带给自己的心动，那种痕迹，是任何东西都销蚀不掉的。

爱情本身就是这样，不仅仅只是电影或小说故事，现实中亦有多少爱得轰烈的男女，到头来只得将爱隐匿携手他人。

人生若只如初见，那最美的样子最好的感觉，仿佛成为一种磨灭不掉的恒久之光，在记忆里闪动耀眼。

不觉莞尔，对于那些愤愤拿着今日对比昨天的人，真的完全可以释然。想想站在远处，观望永远触及不到的风景，当然会认为到不了的地方好过身边所熟知的。

就像有句话说的：最美的世界，是我们永远进不去的世界。

若是这样，倒不如平静面对现实，过好当下生活，而记忆的钥匙毕竟受控于自己，思想也没必要背道而驰，就像放在抽屉里的那些旧相册，虽是往昔，但待到想起的时候又可拿出来细细观赏一番，这也未免不是一种好的怀念方式。

忽然觉得写那个心情帖子的女人真的是一个很睿智的女人，带着一颗平和的心，住在属于自己的世界，不偏执不强求，纯粹地想念，只为他带给自己的心动。

因为，那些心动的瞬间已将那份无可取代的感觉溶入生命里，随着自己的呼吸，陪着自己一辈子。纵然斗转星移，纵然物是人非，就算青丝已是白发，灵魂深处总会有一处澄净如水，那里住着一个人，留着一段永不褪色的故事，任时光荏苒依旧美好如初。

也听一公尺

一公尺究竟是多远？

是指尖能触碰得到的气息？还是几万光年也到不了的距离？

反复听言承旭的《一公尺》，反复看一个爱情故事。

我相信言承旭唱这歌时是很用心的，略微低沉的声音将这首《一公尺》演绎到了极致。而几分钟的 MV 也将一段感情从浓到淡、从新鲜到变质，演变得如此透彻。

想必好的情歌都有异曲同工之处，于经历过感情的人来说，或多或少，都如局内者般找得出所谓熟悉的感受。

你是否有过这样的感觉呢？对着一个人，伸手可及，可你却感觉彼此心底已是遥不可及的距离，想要拉近却是如此力不从心。当他的眼神变淡，亦只剩下眼睁睁看着爱情点滴腐坏。

一公尺的距离，隐匿着怎样的结局？

唇已变凉，拥抱已变冷，心中已住不下眼前这个人。

对望，凝视，猜想，最后无疑是转身离去。

谁也开不了口，语言是苍白的，灵魂的言语岂可用语言来阐释？

唯一能做的还有什么？只得掩面哭泣，为了死去的爱情。

只是难免遗憾，毕竟是难得找到一个人叫出亲爱。

爱情，它可以让你美丽得无与伦比，也可以让你疲惫得支离破碎；它可以让你笑逐颜开，也可以让你疾首蹙额；它可以让你虔诚地缄默承受，也可以让你疑心地咆哮愤怒。而这一切的一切，却无非是一种过程。无论曾经怎样深情激动过，都会渐渐被时间销蚀，厌倦了，总归平息了。

一公尺的距离，沉默，是因为早已犀利地探听到彼此心底的声音。

一公尺的距离，悲哀，是因为你看得到彼此的双眼，只是眼神早已变淡。

一公尺的距离，无奈，是因为两条平行线，注定了一辈子不再有交集。

还能怎样呢？回不去了，便再也回不去了，道声珍重，或许最后只剩下这样的祝福。

将来的将来，当我们渐渐老去，某年某月的某天，无意地听到某首情歌，会否有如现在的感受？

只待那时，昨天早如滚滚滑出手掌的沙子。放逐的情感，于你于我，无非是一段或记取或遗忘的往事。

记忆的气味

你有过这样的感受没有?

当你在某条街与路人擦肩而过的瞬间,对方身上飘过的某种气味很有熟悉的感觉,像记忆中曾闻到过的气味一样。于是你在这一刻不由地站在原地,努力再努力地想获知它的出处,脑海的画面便像快速闪过的镜头,记忆的弦就这样猛然拨动。

自以为早已遗忘,某些事某些人,多年的多年,早已被岁月湮灭得不留痕迹。

其实不然,有些坚持只在一秒便做推翻。

原来,就算是自己身在哪个城市,身边已换了多少人,有种感觉总是深印心底的。纵然经过岁月的洗涤,表面已经淡漠得没有痕迹,当某个时刻,就算不是因为某个人或某件事情,只单单为着熟悉的味道,它也总是会在不经意间被勾勒出,原来它并不曾忘却得彻底,它多多少少都会存在着,或许只有一丝丝一点点,悄然隐匿于灵魂的最深处,成为记忆里的味道。

这样想来,恻然良久。

不得不历历在目,牵扯出一段旧爱心伤。

记起多年前对着一个男人哭叫,声嘶力竭,似咬破嘴唇地狠狠抛下最恶毒的话。

伤害他，因为他伤害了自己。所以才要还以颜色，只为着保护自己。

于是毫无顾惜亲手在他面前摔坏一个香水瓶，那是自己替他精心挑选了半天的生日礼物，一种清淡的男士香水。

记住，是我要走，是我不要你。

记忆里的女子如是说，倔强的模样。

爱情到最后，面对残败的结局，似乎能做的也只有握着手心中他曾爱过自己的证据，拼命来换取最后的丝丝尊严而已。

时间流逝，回想起来，自己当时的倔脾气虽说真的有些不可思议，但仍不曾觉得那样做是错误的。

因为一个女子，已无能力再令一个男人甘心说爱，施于其他因素，强迫得逞，是最让人悲伤的事。想必天下女子没人愿意这样的。重新换环境过新的生活，这是唯一的出口。

只是不曾预料，原来改变的可以很多，但对一个人的爱却是根深蒂固的，或许你可以遗忘一个人的脸，但却断不了对一个人的感觉，不管之后你们是怎样地决裂，但决裂之前的爱却是长存的，毕竟真爱不应是泛滥的，最初的爱最初的感觉，只有他才能给你，独一无二。

摔破的那瓶香水早已挥发，瓶子也早已腐坏，但它的气味却避无所避地浸透我的思想，成为记忆里永远无法销蚀的气味。

老照片

怀念是一种很美好的东西。比如，翻开老照片。

记得小时候，家里有个长方形硬壳相册，外婆把它收藏在旧式大柜子里，一有空就会拿出来翻翻，倘若我在一旁的话，她定会叫我过去看，边看边手指着上面的照片，给我讲妈妈舅舅们的童年旧事。

我已是记不全外婆讲的那些趣事了，但唯一记忆深刻的是每每提及旧事时，外婆的脸上总有种淡淡的笑意。

这些细节，直到现在也回想得清楚，我想，这便是一种幸福吧。

渐渐长大，初中时拥有了一本完全属于自己的相册。那时特爱照相，每逢节假日都会拉了同学去相馆照。

后来高中，相册也就有了好几本，但照片装进后便不再留意。毕业了，更把相册通通锁进了抽屉。

最近打扫房间清理旧物，从抽屉底层发现了几本旧相册。

吹了吹灰尘，就这样蹲在地上翻了翻，忽然有种温暖的感觉在灵魂深处滋生，记忆那把锁也就随之被打开了。

小学、初中、高中，人生三个时段一一呈现出来，望着昨天那被稚气渲染的脸：伸着舌头做鬼脸、故意生气噘着嘴的脸、捧着奖状得意的脸。

这些模样于此时此地的自己来说，熟悉中却又隐隐陌生。不免暗想，这真是自己吗？多年前的自己原本这样的可爱啊。

记忆的昨天因为这一张张老照片而生动温暖。仿佛伸手便触摸到了昨天经历过的种种痕迹，握在手心的是如此让人动容的线索。

阳光从窗口投射进来，侧头望出去，望着淡淡的云彩，猛地想起了外婆，想起外婆看照片时的微笑。她在另一个世界好吗？她是否会在天空中望向地上的我？带着微笑地看着我的人生，就像当初她翻看照片时的微笑一样？只是这样安静地看一看，就觉得幸福了？

这样想着，鼻子有些发酸。合上相册把它们放在了最易拿的地方。不免想着以后要常常翻翻这些照片，尘封的往事应该让回忆去扫扫灰尘不是吗？

很喜欢纪伯伦的一句话：存在着的事物的存在正是它长存的证明。

老照片存贮了记忆，而这些存在着的照片也就成为了永恒的财富，证明着那些美丽灿烂过的青春岁月。

也许，当我双鬓斑白的时候，会常常坐在阳光温暖的午后，膝盖上放着一本旧的相册，安静地慢慢翻开它，就像小时看到外婆翻开照片时的情景一样。

老婆饼

他和她是大学同学，恋爱几年后结了婚。

婚后的他一直专心于自己的事业，希望在三十岁时能有自己的一片天。他告诉她，有一天他要给她享用最好的东西让她成为最幸福的女人。

虽然这些承诺让她感动得掉泪，但随着时间的延续，她最初的想法也渐渐动摇了，她终于开始怀疑他对事业的热爱多过自己。

一次吃晚餐时，他们边吃边闲聊，聊着聊着说到了以前，她甜蜜地讲起大学时和他相识到相爱的过程，说着说着她想到了校门外街头的那个糕点店。

她叹息说，以前最爱吃那家店的老婆饼了，那里的老婆饼味道很特别，皮是酥脆的，馅有说不出的浓香。她总是急着吃，落一身碎末。他在旁边爱怜地看着，用大手帮她做盘子。

好怀念啊。她对他说，见他没作回应，她的心渐渐冷掉。

转眼一个星期快过去了，那个周末刚好是他们的结婚纪念日。

她想到，不管他如何地忙，这个日子他是不会忘记的。

这天，她提前回到了家里，猜想着他会送自己什么礼物呢？项链还是衣服？又幻想着他是否会接自己去吃一顿烛光晚餐呢？胡思乱想着时间就这样滑过了，快八点了，平时这个时间他早就该下班回家了。她有点生气，拿起了电话，突然又一想，是不是他想给自己一个惊喜呢？再等等吧。

可这一等又是半个小时，她终于听到了开门声，是他回来了。

他边脱去外套边说，外面还真热啊。

她故意背过身去看电视，不去理他。

他却没有发觉她的表情，自顾说着便提起一个袋子递给她，你上周不是说想吃学校那边的老婆饼吗？我给你买回来了。她从他手里慢慢接过了便利袋问，你回来得这样晚就是因为去学校那边买老婆饼了？

他微笑着点头，因为只有周末才有时间，所以虽然下班晚了会，可还是绕过去买了。

听他这样说着，她忽然觉得鼻子猛然发酸，喉咙也有些哽咽。

原来他并非不在乎自己，而恰恰相反，她说过的话，他都一一记在心里。她想象着他坐在公车里，在拥挤而炎热的狭小空间，保护着几个脆弱的饼不被压碎。这份珍惜，这些年始终未曾变过。如同老婆饼一般，并没有怎样的鲜艳外表，却包裹着甜蜜的心。

今天是我们结婚纪念日。她凝视着他，泪水终于滑落下来。

他一下慌了神，连忙擦拭她的脸，对不起，我的确忘记了，礼物也没买，明天给补上好吗?

她笑着将头埋入了他的怀里，不用了，因为我今天已经收到了一份最好最珍贵的礼物。

很多时候，我们总是通过某种形式去确认对方是否依旧爱着自己，其实刻意来的结果远远不如无意得知的答案更真实更让人动容。

找一个理由哭泣

聚会。

某人问我，呃，你还记得吗？你曾经在那年为××做过很多傻事呢。

我笑，是的，好遥远的事情呵，遥远得恍如隔世。

她说，他一直是你的心结。

短短一句话，我恻然。

饭局中，我始终无法再集中精神，脑海里竟似镜头般闪过某些只剩模糊轮廓的画面。

有那么一个男人，他说，我爱你，很爱。你一定要记得。

原来，我还记得。

他的容颜其实真的只剩一个轮廓而已，可是，那句话，他低低浅浅的耳语，却是这般，如同一个烙印，深刻在心底。

纵然多年，岁月在不知不觉中流过，纵然多年，我真的以为，早已忘记得足够彻底，纵然多年，彼此身边换去换来已有他人代替。

一路回来，思绪早已像起伏潮水，晚风很凉，凉到我终于惊觉脸上淌下的泪。

好吧，就这样，请允许我，找一个理由，给自己找一个理由哭泣。就在这一刻，好好哭泣。

对着自己说，原谅我这么不坚强，曾经以为的坚强，请让我暂别。

哭泣，为着某年某月某日的自己。

谁没有做过傻事呢？我们都一样。

那个自己，勇气满满愿意为爱放弃一切，那个自己，笑得像阳光幸福得像蜜糖，那个自己，站在楼口说我爱你。

事隔境迁，多年以后，终于，我成了一个旁观者，不再雾里看花，却仍旧哭泣，我深知，不是因为后悔，而是因为遗憾。

遗憾，那个不顾一切爱着你的人，真的，是再也不见了；遗憾，到底是回不去了，现在的自己，不可能像曾经那么爱一个人。

不是么？现在的我们，都不免感喟，爱一个人，确属奢侈之事。滑过皮肤的时间，只有我们自己最清楚，它改变的不仅仅是容颜，还有我们的心，曾经澄水如鉴的心。

如今，我们总会说，有没有爱情其实不重要，因为生命中有比爱情更重要的东西。我们明白人生并不能尽善尽美，面对风雨，我们应该足够坚强冷静应对。只是，不管我们怎样去看待曾经那个青涩少年，怎样冠以幼稚天真之说，清澈二字绝不再重新拾得。

幼稚天真？谁说那种幼稚不是种珍贵，谁说那种天真却不为人怀念？

提及那时，我们会笑笑，笑得洒脱自若，笑得云淡风轻，如果将这种笑意理解成自嘲，倒不如说成一种悲伤，用微笑掩盖悲伤，这便是如今的我们最擅长的伎俩。

成人的世界，总会在不合适的时候找个合适的理由骗骗自己。

而怀念，我想，我们或许真的会认真地怀念。嗯，看看，我们在这里终于找到了一种觉得认真的东西，除了金钱之外，那便只剩怀念。

所谓幸福

他爱上了一个女孩。为了她，他抛弃了和自己生活四年的女友。

他是如此的深爱她，甚至幻想过他们的将来，以为不久便可以得到寻觅已久的幸福。

就在他预备带她回家乡见自己父母的时候，她却突然提出了分手，并坦言自己即将随一个男人出国定居的事实。

他震惊了，他沮丧着想挽回她的心，不惜放低自尊恳求她。但她的决绝已不留余地泯灭了他的一切希望。

女孩终于走了，和一个家世显赫比她大许多的男人去了澳大利亚。

从那以后，他似乎觉得自己的天空只剩下一片灰。

除了工作，剩下的时间他都把自己锁在家里。像一只蜗牛，只愿缩在自己壳中，不愿与外界接触。

终于，他昔日的女友——那个曾经与他生活过四年的女孩知道了此事。

她去了他家。她无视他的冷淡，像老朋友般和他说着一些轻松的话题，毫不提及有关此事的点点滴滴。

虽然几次下来她的关心似乎只是多余，任凭怎样的言语于他的失落与沮丧都无济于事，他仍是把自己桎梏得牢牢的，且那种沉积心底的伤痛使他常常无故迁怒于她，他向她大声嚷嚷、叫她离开，甚至残忍地说她来无非是想和他复合。

每每这种时候她会微笑着面对他，柔和地告诉他下次会再来看他。离去时她会提醒他注意天气的变化，提醒他别忘多加衣。

日子渐渐滑过，冬天快要结束的时候，他忽然得肝炎住了院。

没有同事来探望，置身异乡的他，也没有亲人陪伴。

可是她来了，带着以前常给他熬的汤，也带着熟悉的微笑。

她丝毫不忌讳他的病，如此安静地在他旁边坐下，取出勺子盛着汤一次一次喂进他嘴里。

望着她专心照顾自己的样子，他不禁问，我对你那样坏，你不恨我吗？

她摇头望着他微笑，在爱里，其实没有好坏之分。因为爱与被爱都是一种幸福。

他的眼眶瞬间湿润，紧握她的手，他终于领悟了什么才是真正的幸福。

很多时候幸福似水平淡，它其实并不需要去刻意寻觅，那样的刻意反而会让你忽略了它的存在。

或许我们总是这样在不经意间惊觉，幸福，原来它真的一直就在身边。

爱情需要一座桥

她说，什么是男人所谓的爱情？为什么一开始是他渴望和你说，到后来却是你奢望和他说？男人的爱情是不是总绕不过那张床？

的确，如今生活节奏变快了，爱情似乎也提速了。妩媚的都市让人容易放纵情感，而爱，被混沌了。

作为女人，我明白女人在爱里想得到的是什么。

执子之手，与子偕老暂且不说，在现在这个社会，它几乎已成为一种神话。

但就像莫文蔚在歌里所唱的，我们一直忘了要搭一座桥，到对方心里瞧一瞧。

女人想要的，就是能有这样一座桥。

她希望对方细心地为爱搭上一座桥，走进彼此的心，可以倾听彼此灵魂的声音，感受彼此的感受。

谁都明白这个道理，但是又有几人能真正做到？

要搭这座桥并非易事，因为它的前提在于双方。无论任何一方做多大的努力，终是于是无补，结果也只有疲倦地放弃。

所以很多时候，对着一场落幕的爱情，有人会说：“离开反而是一种解脱。”

为什么从相识美好到后来却不欢而散？

也许女人天生的感性与男人的理性注定了他们对待爱情有之截然不同的想法。

倘若女人可以少一些情绪波动，男人可以多一些关怀体惜，那么沟通了解会不会变得容易许多？结局又会不会有所不同？至少回忆会是有价值的事。

其实谁都想有个属于自己的空间收藏心事，两个人在一起，也不是一定要掏心挖肺将所有事都全盘托出才叫了解沟通。

既然开始一段恋情时，首先从朋友的基础上自然而然地靠近倾诉，那为何不让这样的感觉一直延续，保持一种既是恋人也是朋友的状态，为爱情搭好一座桥呢？

不用太复杂，以心换心，替爱搭上一座桥。

让我们走在一起，让我们好好相爱。把握住时间，把握住灵魂深处原有的轻松。

梦里梦外

记起了某张脸，于是想起了爱情。

它们是有联系的吧？

窗外，是夜，夜凉如水。

什么是稍纵即逝？爱情还是青春？又或许它们都不是？那些感受中的点点滴滴，对于生命来说，只是微不足道的牵绊而已。

白云，黑夜，四季轮回，生命可不可以？爱情又可不可以？那些花儿，不想它只开一次。

好像每个美丽的名字都有个悲伤的故事。

寒风凛冽，年轻的女子，似雪的肌肤，飘动的发丝。三千烦恼丝大抵亦如此：愿得一心人，白头不相离。

只道是来不及相守，却白了头。她还能怎样？泪水漫过幽怨的眸子，到底有天仙的容貌也是一场空。

泪落下的是怎样的悲恸？她也许是听得到的，她听到他叫她的名字，霓裳，练霓裳。

胭脂泪，相留醉，几时重？自是人生长恨水长东。

王菲唱，恨不得你是一只蝴蝶，来得快也去得快。

人如果没有记忆，是不是就会快乐很多？不会回忆了，是不是就会单纯许多？

得到与付出是不能用天平衡量的。说傻的不一定真傻，聪明的也不一定真聪明，倒不如顺水飘舟，所以在晚霞黄昏的时光，还是会有人执子之手。

我却只是想象，相信有太多人和我一般地想象：世上最浪漫的事，就是要和爱人一起慢慢变老。

双颊绯红，想着也会笑。原来谈情种种，无非为着那一处浪漫——与子偕老的永远。

爱情，最大的敌人不是距离，不是空间，不是第三者，而是时间。

我们，太容易地，输给了时间。

发如雪

看到这首歌名时，我第一个念头想到的是她——练霓裳。

不知为何，我对这个女子一直深深喜爱着。小睡了一会，再次细听，在 JAY 略为忧伤的曲调里，脑海里更多地是想起多年前看过的那部电影。

你发如雪纷飞了眼泪，我等待苍老了谁。

一道伤痕，足够深足够痛，但是没有肉眼看得到的痕迹。

爱情的最后，如果是坏，何以仍是要缅怀消失的好呢？何以还要微笑着流泪？

飞，飞，飞，往事飞过，容颜都已改变，却还记得他的温度。

以为是错，其实不一定是错，以为是好，其实不一定是好。

爱情的道理，无迹可寻。或许它从来就不成形，或许是一朵花，或许是一簇火，或许是一道闪过的花火。

眉头紧锁，泪眼婆娑，要怎么样触摸，不是靠能掌握的手心，而是靠住在身体内的心。

女子往往更能了解女子，让我告诉你，若是你不问，若是你不关心，你当然无法知道她所想，她所要。

于是，女人心，海底针，成为了男子最好的借口。

你说

你说，天黑的时候我们去看一场电影，或许是黑白片，或许是那种无声影片。

就那样一直安静地坐着，听到些什么或看到些什么都是与自己没有关系的。就像站在飞驰而过的地铁前，眼前晃过的，只是一些捕捉不了的模糊的画面。像是突然间经过，从地球的一端到另一端；像是突然间经过，从天堂到地面。就是要这样，没有指向的。如同不明物，在空间移动，突然感觉到了却又突然感觉不到。所谓爱情，大概也就是这样了，来来又去去，去去又来来，当意识不到它到底是否真实存在的时候，我们也就开始清醒了。

你说，当渐渐清醒起来，又不免恻然。原来记忆的湖水在逐渐干枯，时光如梭，颜色改变，不是蓝，不是绿，像是有过色彩，却又成了灰暗。

多让人焦虑呢？来一场声嘶力竭的嘶吼吧，要知道原因，当一切被时间吞没，如此挣扎而挣扎，终还是没有躲过它，还能怎么办呢？

是啊，我们只是一枚棋子。时间的棋子。

你说，摆脱不了轮回的棋子们，来来来，干脆我们干一杯吧，或者点燃一支烟。在微微醉意里，或者在袅袅烟雾中，要滔滔不绝地说话，如个怨妇般，把破碎的梦重新粘贴，再翻来覆去地看，最后用一个最美的姿态华丽丽地向下摔。

你说，就那样狠下心肠摔个痛快。当灵魂也变得支离破碎，别怕惨不忍睹，我们至少还有权利漠视，站在故事的外面，冷冷看看别人重复着自己的悲哀。其实没必要怜悯，替自己或者替别人，大凡都要经历一种轰烈，才会彻底领悟另一种真理。

你说，如果了悟真理会衍生着许多不情愿，那倒不如当闲着没事儿去信仰哪个宗教，像个教徒，纵然少了份虔诚，也要不动声色去体会一下心如止水的意义。就那样吧，没必要再作停留，就算学不会烟视媚行，也要不断地走，管它歌舞升平管它冷星残月。既然不再相信故事，那些风景便不再有丝毫干系。要断就要断得彻底，要分毫不差，要斩钉截铁。

你说，斩钉截铁的意识，是因为对于未知的明天，你不惧。世间似舞台，人生如戏，睁眼闭眼，各种滋味，拼拼凑凑，也算唱完整出。不悲不悲，多少人都这样，戏子都供人观赏，台词就不要更改了，怕是观众不喜欢，笑或哭只要随了看客心意，那就完成使命。是的。既然没有翅膀，就不要向往天空；既然不属于大海，就不要幻化为人鱼公主；既然不是练霓裳，就不要眉眼清冷；既然不是苏容容，就不要心如明镜台；既然不是周芷若，就不要一脸恨嫁，走火入魔。如此地领悟，如此地觉悟。

你说，觉悟起来也许真的很难，但每个人终有领悟的一天。或许你现在听不明白，但你在听吗？现在有人这样在听吗？夜凉似水，语言是唯一的温暖，请不要拒绝倾听，就算我们只是陌生人，刚刚好，不会吝啬这种偶然，也不会反复画上一个圆圈，循环循环，直到谁开始厌倦。

你说，不待厌倦的时候是最好的告别时候。无名星渐渐隐没，若非你真有足够把握在下个夜晚将它认出，否则大可不必耗费点滴心思记住它的光芒。像灵魂无意短暂地相互取暖，无非一种表情或姿态，如我们现在应该微笑着 say good - bye。

Bye - bye。

于是

于是我开始寻找一段记忆。

那些有些恻然，有些凄凄惨惨戚戚，需要用众多形容词儿翻来覆去折腾的往事。

为了你，我从温柔 MM 转型到了摇滚小青年；为了你，我从笑不露齿努力学习富有传统色彩的美跨越到了涂满蓝色指甲油打六个耳洞的颠覆型路线；为了你，我从默默接受相夫教子的思想跳跃到了与世俗不平抗战到底的愤青。

于是，我对生活有了另外一种理解。

当我安静下来，我站在你出现的路口像个带着点八卦精神的路人甲一样把自己——这个女子与你的故事点滴不漏地看。

一时，她对路人乙说：我爱上了一个人，他说他很爱我，于是我就相信了。

又一时，她对围观的丙说：他问我没有了他会怎样，我不知道，倘若我假以想象，就会有掏心掏肺的疼，就像离开水的鱼，我想我会死。

就这样一时一时不断累积，于是，我也真的渐渐相信了：一个人的生是为另一个人而生，如同我为你而生，它不能单纯地用爱或不爱来形容来喻义，没有了你，生命如同失去攀附的藤，如此没有方向地蔓延已毫无意义。

当爱情过于溢于言表，当花开尽了眉梢眼角，倘若不能结果，便只剩下凋零。

于是，我终究不过尘埃，那令人羡慕捧在手心百般受宠的公主梦也只能实现在别人的故事里。

我望着你，听着。听你不屑地提及那些曾爱过你的女子们，你就像一个收获丰盛凯旋的猎人，享受胜利的快感。每每这个时候，我都会突然安静，我就这样望着你，听着。

我猜，你一定想象过我哭泣的样子，为着你的离去，我声嘶力竭，或掩面哭泣。眼睛随着你渐行渐远的身影失去光彩，从此装满思念的魂在你出现的地方飘荡，如同《胭脂扣》里辗转寻觅十二少丝丝踪影的如花。

于是，我想起了织锦芋螺，它们的外壳漂亮异常，只要视线掠过都会被其花色图案吸引，可是谁都知道它奇毒无比，喜欢却不能获得，一味地靠近就必须承受致命的伤害，如果爱一个人是种毁灭，那么付出实属不值。

我并不是害怕死亡，如同起初的满满勇气，只是却不愿意重蹈覆辙，我不要类似地做你向人炫耀的猎物，更不愿将情感赠你随意拿来消遣展示。

诚然，爱得勇敢是一回事，爱得愚蠢却是另一回事，你要相信，再愚蠢的女人也是有底线的。

于是，我终于选择背道而驰，不再妥协。这是你曾教予我应对不平事物应有的姿态，只是没想到，这事物其中也囊括了你。

于是，我向你说了声谢谢，你不知，这声谢谢将成为故事的最后一句对白，这句谢谢将牵领着我从你的世界彻底走出去。

当时间一直向前，当故事远得我已模糊了谁的容颜，于是我懂得，这个世界谁没有了谁都不会活不下去，就像太阳照常会升起，地球仍然会转动，四季依旧会循环一样。

没有了你，我不会死。

人生这段旅程

看到一个广告，非常喜欢。

广告中，一个穿白衬衣眸子明亮的男人坐在火车上，微笑观望着窗外渐渐而过的风景。接着旁白缓缓而至："人生就是一次旅行，不在乎时间的长短，在乎的是旅途的风景和看风景的心情。"

画面让人感觉温暖平静。每每看完，心里都仿佛映射出一道光线，会犹如画面般变得异常柔和。

我想，人生的确就像一段旅行。其实在生命这段旅程中，每个人都一样，起点到终点，历经不同事物，然后殊途同归。而其中的过程，难免受各种是非干扰，当面临它时，不妨释怀一点，从容对待。

譬如，对待一段破裂的感情。我们总是希望爱能完好如初，当没有预知地面临到它的残缺时，很难不吵不闹不去花尽心思扭转局面，虽是已洞悉到故事结局，却总希望会有所转机。

其实有什么值得不舍与留恋的？事已至此，若要刻意挽留，倒应了那句老话：强拧的瓜不甜。

在我看来爱情就似一部电影，情节自然流动着，一幕一幕闪过的镜头不会倒回，就算你强制要倒回看看，结果也都是一样的。于感情来说，不再爱一个人就绝对不会再对这个人有爱了，挽留下来的爱情都只是名存实亡，留恋也不过空叫人落泪。

与其守着不属于自己的东西，倒不如顺水推舟，任它而去。我相信，不管是非对错，时间终是能带走一切的。

毕竟，我们都怕时间浪费，怕生命奢侈，更怕不小心错过——错过远方那处未知的风景。我们都期望看到最美丽的风景。

在人生的旅程中，若不能携手同游，那么也愿彼此擦肩而过时，能坦然微笑着道声珍重。但愿彼此都要好好地生活，各自都要幸福。

倘若闭上眼睛时，发觉昨天还有些东西不忍割舍，也不要和感觉背道而驰强迫自己遗忘，就把它悄悄锁进记忆吧。不曾拥有的东西最后反而会演变成一种珍贵，能被记取的如同一杯酒，只会越存越香。

所以，失去也未必不是好事。如果一直纠结其中，用这样的心情经历人生的旅程，只能影响整段旅程的质感，这般实属憾事。选择从容告别，时光流逝，终会明白昨天的自己并没有做错。

生命的旅程，我们学着成长，每走一段，便成长一次。回头看着那些留下的足迹，才发觉其实连起来，就是自己成长的过程。

人的一生，也许在成长之中不免脆弱地哭泣，但哭过之后仍需向前，于是会去一遍遍默念坚强这个词，并把它深深刻在人生的旅程里。

是的，在这场旅程中，我们都应坚强，当某个故事结束，我们要懂得该怎样放开彼此的手，留下彼此爱过的讯息，向左或向右，迈开步伐，旅程继续。

毕竟，细细算来人生并不长，在这段旅程中，重要的是什么呢？重要的无非是旅途的风景和看风景的心情。

多点浪漫又何妨

在好友家吃了个便饭，无意看到她书架上摆放了一本格利高里的《1001 种浪漫》，便借回去看。

抱着看着玩的心态翻阅此书，料不到一看便被彻底吸引。

里面不仅是教你如何制造浪漫，且有许多名人名言，这些经典语录对浪漫做了最好的诠释。

原来，浪漫也可以是这样的。

不是想象中的轰烈，也和传统中所谓的浪漫理解有所出入。

就像书上列举的问题：做个浪漫的人？那还不把我的钱袋弄个底儿朝天？

其实不然，这的确是一个误区。书中也随之推翻：浪漫是些鸡毛小事。

细细看完，不免感喟：多点浪漫又何妨呢？

想起前段时间女友和她老公闹矛盾，原因也就是由于他缺少了“浪漫细胞”。

当时我笑她是不是过于挑剔了，她便气急败坏道出原委。

那个周末他们外出归家时天空忽地飘起毛毛雨。她不由想起婚前雨中漫步的浪漫来，便挽着他故意地放慢了脚步。没想到他却越走越快，还责怪她走得慢害得两人衣服都淋湿了。她耐心说没关系，雨中漫步也是种浪漫。正当她边说边含情脉脉地将头靠在他肩上，始料未及的是他侧头瞪眼说了三个字——神经病。

现在忆起我还忍俊不禁。想想大概很多人也有过类似的经历。

那是感情世界里一个很奇怪的通病：当一个男人追一个女人的时候，仿佛他是天生的浪漫制造者，会有用不完的浪漫计划来俘获对方的心。若是两人真的在一起了，他的那种浪漫天分也随之变得拙钝了，或者最后消失掉。

倒是女人，变被动为主动，时不时地想营造浪漫氛围，但已是太不容易找回当初有过的心动。

是的，一个巴掌怎会拍得响?

何况在男人过于理性时，女人的感性就会显得格格不入，反而十分尴尬。

但我相信一个理性的男人也是会明白一个道理的：如果真爱一个人，那就应该适当地用感性的一面来迁就你所爱的女人那份感性的行为。

多点浪漫又何妨?制造浪漫并不难，其实它就是一种感觉。

想起以前的男友，他总是问我需要什么，每次来看我也都要带点什么，但他连陪我看一部爱情电影都不愿意。

简单的幸福不需要一件华丽的外衣。我要的并非是玫瑰，并非是首饰，并非是一切一切物质。

那些能拨动我心弦的事物真的好简单。也许只是你暖暖的眼神，你柔和的耳语，你拥着我从窗口望向星空的微笑。

不管有多迟钝的人，只要有心，哪怕就是随便翻阅一下《1001种浪漫》照本宣科，我想也会懂得怎样做了。

请抓住那些让人心动的感觉吧。虽然只是片刻，可那点点浪漫，却足以维系彼此感情的新鲜。

还是书上那句话说得最好：浪漫的姿态并没有最高的动机，它们唯一的目的是表达爱。

戒指

收集戒指。这似乎已成了我最大嗜好。我还特地买了一个饰品盒子用来盛放戒指。

记不得到底收集多久了，但粗算下来也有好几年了。

前几天从外地回家，习惯性地拉开盒子放入新买的银质戒指时，才发觉已有满满的一盒了。不知道为什么，就在那一秒，心似乎被什么拨动了一下，怔怔地看着那些漂亮的戒指，过了好几分钟才回过神来。

坐下来细细看，盒子里的戒指颜色样式各异，蓝的红的紫的，三角形的椭圆形的月牙形的。也许比起那些价格不菲光彩夺目的钻戒，它们通常会让人不屑，但在我眼里却弥足珍贵，仿佛少了份尘世的渲染却多了份可爱的纯真。所以每次在商店里，从琳琅满目的戒指中捻出最打动自己的那一枚时，我会不假思索地买下它，那是一种莫名的欢喜。

不过买下它们后只是放入装饰盒里，并不像耳环或其他饰物一样戴在显耀其美丽的地方。

我的手指上没有戒指。

其实我也说不清为什么这么喜欢收集戒指，或许是为了纪念吧。大概因为戒指和恋人有着密不可分的联系。

恋人，最迷恋的那个人，他送过我戒指，却已成为回忆。

事过境迁，记忆犹新。

记得快毕业那阵子，城市中流行起由细线穿连各色的小水晶石而成的小饰物。他送给我一枚戒指。他说，看到好多人都分手了，有同学说踏入校门爱情开始，踏出校门爱情结束，而我想要的结果在这份礼物里，它是一个明天的承诺。

想起他的笑，有些傻傻的。我又何尝不是一样。我相信至少那一瞬间，彼此都是虔诚的。

曾经的种种，真的就像镜头从眼前快速闪过一样。觉得美丽，却让人捕捉不了真实。

说好不分手的我们还是分了手。曾经信誓旦旦的爱情，终究落入俗套，敌不过距离和时间。

可笑的是后来不久，那枚戒指也在无意中丢掉了，连丢在哪里我都不知道。

丢的时候，我是戴在手指上的，我想大概是指环的细线断了的缘故。纵然我是如此舍不得将戒指从手指间拿下来，却还是注定了丢失，像注定会断开的感情线一样，逃不过宿命。

也不知道是因为对他难以忘怀才有了收藏戒指的嗜好，还是因为有了收藏戒指的嗜好后才更难以忘怀之前的事。

因为刻骨铭心，所以一直留有希望。总以为有一天他会回到这个城市里，会突然出现在我的视线里。

如果真有这样的时候，我会靠近他向他伸出手，让他看到我的手指上没有戒指。

有此嗜好，是提醒着自己不允许有所遗忘吧。在往事里打圈，是好是坏，如人饮水，冷暖自知。

我只愿相信自己的感觉，认定是对的便很难改变。哪怕感觉最终只是一种幻想，却也愿意去寻找一种方式，让幻想继续。

不是吗？只要自己觉得满足就好，如同我愿意去收藏的戒指。

用心去等待

一个男人说，两年前因为自己的错误导致女友生气离开，心存愧疚的他决定等她回来。

终于在两年后她从外归来，他对着她说，我等了你两年，在这两年里，没有和任何一个女人上过床。

可是当他信心满满以为能重修旧好时，她并没有留予他一丝机会，终在不久之后选择嫁给别人。

他所谓的等待让我觉得诧异，暂且不去分析言辞的真实性，但心底起初的感动随之便被另一种东西淡化掉了。

两年的时间里，让身体随着思想一起等待，这本是一件足以打动对方的事，但倘若太过刻意，这份刻意让这段等待的岁月乏善可陈，只会功亏一篑。

试想，如果一个男人义正词严地对着我说：我等了你多年，多年里没有和任何一个女人上过床。

我听了是绝对高兴不起来的，反之却加剧了对他的失望。不免去想：那又如何？莫非你这样我就完全应该负个责任？好像打一开始你就在编排整个故事结局，难道我就该按照你所要的结局去发展剧情？那种感觉就像怀着愉悦的心情吃下一颗糖，却不料突然被卡在了喉咙里，哽不下去了。如此这般，谁还愿意去吃那颗让自己难受的糖呢？

前几天看一个节目讲述一老人的爱情故事。她在几十年前认识了一个外地人，两人相爱许下海誓山盟。一日他告知她得回家乡探望一下父母，离开之前他很不舍地叫她等他。可是从那之后她便失去了他的消息，她写的信均石沉大海，虽然是那样的年代，但她一直坚信他会回来，几十年过去了，她仍是单身一人，毫无怨言地耗去青春等候这份爱，甚至现在依旧坚信他会回来找她。

心存期望，为着一个人，念着她的容貌，思想亦是无法占据下其他东西，一味地期许与之再次相聚，这样的信念，让时间失去了意义。真正的等待，我想应该是这样的。

我们常常都会去等待某个人出现，时间或长或短，过程如何艰辛并不重要，因为爱会湮没一切怨言，而我也相信一旦相聚，对方始终是会明白这份执著与付出的。

倘若一开始只为着标功似的去感动对方，像是用时间织成一张网，只为某个时刻可以拍着胸膛地说：为了你，我等了×年，从没有做过对不起你的事。

乍一听以为如此，而即刻又感觉他的潜意识里是不想如此的。这种等待早已变味，言辞一出，即刻捉襟见肘，显露其短，没有了丝毫意义。

不是吗？一种心不甘情不愿的等待，谁会愿意去接受呢？

夜

夜。

我喜欢这样的静谧。暂别喧嚣，让一切归于平静。

一盏小灯，温馨如许，就算是下雪的冬，也不觉冷。

如此氛围，最能牵动出心底那处最细腻的东西。

我感到满足，此刻的自己是最美好的。卸掉伪装，纯净得不含有一丝杂质。

夜色一帘幽梦，白月光，对着星，暗诉思念。人在深深处，剪一帘夜色，送予思念的人。你说，月亮里的嫦娥，会看到我们牵挂彼此的心。

那时的我们，是多么单纯呵，单纯得像眼前这弯眉月，清晰可见，皎洁依然。事过境迁，忆起它却依然温情脉脉，它还那般澄净，像是这如水的夜，竟然没有在时光里改变。

我不知道嫦娥是否真的见证，我那份思念，真切如初。

那年，我们毕业，我们带着彼此的理想各奔东西，可是我们说好，执子之手，与子偕老，这份承诺启齿得万般坚定。我欣喜地听着你的心跳，它那么近那么近，我闭起眼，脑里如同定格着我们的未来，那霎，未来仿佛触手可及，美好得流光溢彩。

只是，那时尚未涉世的我们不知，现实的世界，梦想路遥，初衷渐远，人世变幻，我们怎能掌握得了呢？每个人的思想是会随着年龄从浅至深，过好当下，要于它做出最好的选择，子非圣贤，我们都一样。

那年那月那景，在夜里一幕一幕地浮动，我似乎还能在月光下清晰可见你似星的双眸，和此刻的星子相互辉映，闪烁在我的脑海。我深知，不仅是怀念你和那段最美的时光，亦怀念那片星空下与你一样执著的女孩，在这样的夜里，此刻的自己正专心凝视着另一个自己。

心如明镜台，时时勤拂拭，莫使惹尘埃，所以我愿行于白天，停于夜晚，在这样的夜里，用一份真用一份静，洗涤灵魂。无论怎样迷惘，无论怎样怅然，灵魂需要重回清醒，寻找一种方式，让自己看清自己。

夜，我选择这样的夜，带着一份虔诚，和缓心情，告知自己，眼如月明，探一条路，找回自己。星辰下，纵然灯绿酒红，纵然歌舞升平，我愿置身其外，只想静静地住在自己的小屋，点一盏灯，听一首老歌，打开心灵，探询一个真实的自己。

青春易逝，岁月留痕，唯有保持一颗洁净的心，才能应对光怪陆离的世间万态。是的，我信，无谓身处怎样的喧嚣，只要有片刻停下来在角落触碰平静，我仍旧是我，未变的我。

夜了，现在。

黑夜里的曙光

我常常发呆，在漆黑的星星隐匿的夜里。我睁大了眼靠在窗台上望向外面，记得曾经有个男人问我到底是在看什么？我微笑，看星星。他也望出去，可是没有星星啊，他这样困惑地说。我摇头，说，有的。其实是有的，我知道，只是单单眼睛看不到而已。而灵魂是可以触碰到的，触碰到那些微弱却固执的光芒。

我喜欢这样平静的感觉。它能牵动那心底最细致温暖的东西。我感到满足，此刻的自己是最美好的，纯净得不含有一丝杂质。我讨厌喧嚣的城市，就像六月的太阳一直炙烤着肌肤，不留余地地吸干所有的水分，只剩下枯萎麻木的思绪。可我仍在其中，不能逃避。

每当曙光染白天际的时候，我开始恐惧。我害怕阳光，它总刺伤我眼里的柔和，使我烦躁，让我不安。混浊的空气，飘动的尘埃，没有缝隙地弥漫着整个空间，我感到窒息。在这样的氛围里，我似乎无法带动思想穿行。灵魂在哪里呢？它已经脱离身体，遥远到我不能引领。

我害怕这样。是的，我害怕。

只有夜。当夜幕降临，我可以清醒。因为它，星星可以安慰我生命中的那片苍白。所以，我渴望夜，我深爱夜。

每个人都会选择一种方式来填充自己的空虚。我们应该这样做，不是吗？脆弱的生命经不起太深的沉沦。如同一只美丽的风筝，我们总希望把它放飞得远而高，但我们却总忽略了它那纤细的长线是否承受得了这份恣意的放纵。一旦断了线，它又如何显示它自身的价值。或许，我们可以接上那根线来替它延续美丽的生命。但，俗世中的我们却不能再让生命重复。会怎样结束？沉落得支离，沦落得破碎。这样的结果不会是我们想要的。唯一的机会是寻找可以解脱的办法。

而我，我选择了夜。

锁心

伤心是什么味道？绝望又是什么味道？酸的，咸的，或许苦的。

他的淡漠，你的卑微；他的决绝，你的痴情。

你为何要流着泪？你为何不转身？

人生前行，每往前一步都是领悟。

你可知前面有光？但是你不问，你在后退，后退，后退，退到记忆中，关了门，锁上心。

你的天空只是一片灰。

提不起恨。爱情的残忍，在于明明花已枯萎，却还舍不得扔。

花盆未碎，为何不重新植入一粒种子？捧着衰败的花瓣收留伤悲，你在分明地憔悴，却还以为可以梦想成真。

怎样的自欺欺人？多傻的女子。多傻的女子。

你看镜中那张苍白的脸，你看镜中那双空洞的眼。

谁都知道你爱他。你是如何握着你们的照片等着他。

一天一天，一天一天。

望眼欲穿。你说如果他出现，你说如果他回到你身边，就算，拿青春交换也情愿。

你笑笑地说，抽出香烟后，火光点燃中你泪滑颊边。

只是，何必拿青春去赌一场虚幻？

又一个冬天。

你站在天台，风把你的长发吹乱，你喃喃言语：“我好想你，你知道吗？”

你的手指冰凉，但你不冷，你告诉自己不冷。你记起他的笑，那个夏天，爱情就凝结在喧嚣的街口。

1999年的那个夏天，他为你拾起滑落的发圈，他浅浅的笑定格在那个瞬间。在1999年的那个夏天，那一瞬便是永远。

你总喜欢在夜里哼起一首歌，像当初在他耳畔，无数次在他耳畔。

他吻你的唇，他说他会送你玫瑰，每天一束，直至999，为了纪念1999，为了让你明白天长地久，更为了让你一辈子都甜蜜地唱这首歌，永恒的《玫瑰情话》。

你点头幸福地流下泪。怎会怀疑，怎会后悔？他的眸子如此灼亮，他的承诺如此虔诚，你抬头看，你眼里他的脸，在夜里闪烁着光彩。

你的爱情为他上了锁，你的心门为他上了锁，你把自己交给了他。

只是，他的玫瑰每天不止一朵。而每天你却只有一朵。

只是，待你明白时，你早已是戒不了烟一般戒不掉有他气息的玫瑰香。

只是，还来不及等到999天的玫瑰就已失去品味爱到天长地久的机会。

你未锁住他的心，却给自己的灵魂上了锁。

他给予你爱情，又收回了爱情，这一切从容自若。

你输得一败涂地，不在于你付出得太多，也不在于你天真地相信承诺。而是，在爱情的世界里，你一味地学会如何对他宽恕，却忘了学会如何解开自己的束缚。

你的心上了锁，你坚持着等他回来。莫非真要年轻的容颜叠上层层纹路，莫非真要青丝被四季重重染白?

他不会回来的，变心的翅膀且可被痴情追得回?

钥匙就在你手里，打开你心上的锁，然后用它锁上 1999 的回忆。

这是最好的结束。

呓语·夜会

2月14日。

不是2月15日，也不是2月13日。

所以，街上的灯火，才能刻意渲染暧昧的眼。

手指间的温暖，是否真切得如故事所言？

那么，就暂时告别无名指的孤单。

那么，就坚定地以为这一天会是永远。

还管什么呢？

这一天，被神预言，被人期待。

这一天，应该跳一支舞，把酒言欢。

谁都怕来不及，谁又愿意落入寂寞的光圈？

于是，抢着告白吧，千万别浪费，在这一天。

这一天，不是2月15日，也不是2月13日。

你看，月光那么亮，足以闪烁嘴唇的信誓旦旦。

满世界的承诺，谁愿意拿时间来分辨？不如就这样泛滥着，让开心就这样简单吧。

你，我，他，是听还是说，都没有花费半点气力，所以，谁又害怕荒废呢？

为什么会是这一天？2 月 14 日。

传说中的神仙，你是故意还是随意？你是快乐还是悲哀？你是爱着还是被爱？

你选择了这一天，而一切的一切，都在这一天，是终止还是开始呢？

你为什么不告诉我们答案？让幻想这样肆意，蔓延，蔓延。

你让我们失去了选择的权利，如同，我突然惊觉地看着自己。

怎么办呢？我依旧那么爱他。我不想事过境迁，可惜我不是神仙。

爱，我没有选择权。

站在记忆的缝隙，只得两手空空地怀念。

这一天。

不是 2 月 15 日，也不是 2 月 13 日。

习惯

总是在这样夜深人静的时候，能够放纵自己的思绪飞得更远一些。

静静地点上一根烟，趴在窗台上，习习的晚风轻拂脸颊，望着天际中微微闪动的星光，心中禁不住泛开层层涟漪。

藏在记忆里最深刻的那段往事，就这样含情脉脉地涌了上来，那个依旧熟悉的身影，那双无法遗忘的灼亮眼睛，也就这样压在心头眉间，如此生动，如此明显。

你已在我的身边，不是吗？

我仿佛能感到你从背后搂住我的腰，在我耳边低声细语："情，要记着，天空中总有颗星是为你闪亮的，就像人海中总有颗心是为你跳动一样，而这颗心就是我。"

还记得当时我是怎么回答的吗？我说："每个女人都有一个重于生命的男人，我也有，这个男人便是你，唯一的你。"

很爱那部叫《心动》的电影。

也许，生命里让你最为心动的那个人并非是与你携手走完一生的人；也许，有些东西是注定了遥遥相望才可以保留那份美丽。

最好的东西是永远值得怀念的。不会因为时间的流逝而黯淡了它的颜色。

我知道你懂。这种感觉，这种心情，旁人不会明了，也不会理解，能懂的，只有你。

夜渐渐凉起来了。

我有些冷，关上了窗，却还没有睡意。

做些什么呢？我想到。低头看着自己一双赤脚在房间里辗转着细碎的步子。

哦，对了。在这样的情景里内，握着和曾经一样的深情，我不能忘了要听那首老歌。

放入一张CD，将音量调得很低，蜷缩在沙发中，任由歌声幽微淡荡在空气里，将慵懒的灵魂笼罩。

“我要闭上眼睛，记住你的香，你要闭上眼睛，靠在我的肩膀……”

喜欢这首歌。喜欢它那惹人心绪纠缠的曲调，喜欢它那怂恿暧昧氛围的唱词，喜欢它，更因为第一次听到它是来自于你的口中。喜欢着你的喜欢，眷念它成为我无法更改的一种习惯，就如同这份怀念，伴随着我从昨天、今天，也会一直延续到明天。

还记得最初赖在你的怀里时，你问我感觉到没有，有种香正在四周淡散着，它不仅仅是香水的味道，还有爱情的味道。

对，爱情的味道。

当两个人居留在属于彼此的感情空间里时，他们便嗅得到——一种独特的“香”。

灯光柔弱地覆盖在我的眼皮上，不知道几点了，不知道地球另一半你所处的那个国家又是几点了？

要是没有时差，说不定我们会常常相遇在梦里。

我想或许明天我会记着给你发封 E – mail 问问，快到七月了，你会不会回来？

要是会的话，我得约个时间去看看你这位曾同窗六年的好朋友，也好拜访一下你那位漂亮高雅的异国之妻。

睡意袭卷而来了，正渐已入眠的我应该会做个好梦。

亲爱的，我睡了。

巧克力

常常往包里装上几块巧克力，所以认识我的朋友都以为我是特别喜欢吃巧克力的。有时还会玩笑似的提醒我小心吃成个胖妞，听到时我只是笑笑，个中原因，自己知晓。

并非嘴馋把巧克力当零食吃，而是每每不开心的时候，总喜欢往嘴里放一小块巧克力。

失落或悲伤，我相信只是暂时的，它终会过去，小小的苦后，下一秒就会尝到甜，就像含在嘴里的巧克力，它掺着的苦与甜美的滋味，于人生来说，就是最好的寓意。

从最初涉世工作的一种自我调整方式，到如今已衍生为生活中不可缺少的习惯。

有些习惯，总是跟往事息息相关。

童年的一段往事，也就温情脉脉地浮了上来。此刻，脑里清晰可见外婆那双温和亲切的眼睛。

念小学的时候，由于父母调动了工作的缘故，我就一直住在小镇的外婆家里，记忆中，外婆总是慈眉可亲，言语温存，我就像她掌心里的宝。

有一次在院子里玩，一不小心把膝盖摔破了皮，顿时大哭起来，外婆闻声过来见我一直哭，就说“不哭不哭，等外婆给你个好东西吃了就不疼了”。

外婆回屋拿出什么好东西呢？那个时候我并不知道外婆回屋拿给我的是什么，只知道它味道特别却非常可口，起先含在嘴里时微苦，可随之化在嘴里又变得很甜，很快很快的那种甜就在嘴中蔓延开来。

感受着那美美的滋味，仿佛真的像外婆说的那样，吃完了就不觉得膝盖疼了。

那时候，小舅舅经常从成都寄回来很多好吃的，外婆都是舍不得吃留给了我，但因为年纪小很多事情也都淡忘了，唯独外婆给我那块巧克力的事情印象深刻，如同前一刻才刚经历般，其中细节都点点清晰可见，闭上眼，还能想起外婆把包裹巧克力的锡纸轻轻剥掉放入我掌心，还能想起那瞬间外婆用手抹掉我脸上的泪滴说“不哭，丫丫最勇敢了”。

外婆的笑就像一个个镜头定格在脑海里，我想，就算再过十年二十年，或者更远，哪怕是到白了头发的年纪，我仍是忘却不了。

一块小小的巧克力，那其中蕴涵着的是外婆多么深重的爱。

也许到今时今日我才懂得那块小小的巧克力的意义，谢谢外婆，我知道住在天国的您能听到，是您在冥冥之中给我勇气教会我坚强，是您鼓励着我迈过生活中那些不平坑坎，就像我总会在快落泪的时候在心中默默地重复着您对我说过的那句话：不哭不哭，丫丫是最勇敢的。

不管明天面对的会是什么未知的艰辛，那些已经不再重要，我知道，对待它们，只要拥有那份不退缩的勇气和坚强，一切困难都会变得小如微尘。

橘子

前几天因为一些事情和母亲起了争执，正好表姐过来拿东西，为了化解我与母亲之间的矛盾，表姐便拉着气鼓鼓的我去了她家。

进客厅见茶几上摆放的一篮子橘子，立刻馋起来，待我俯首拿橘，才发觉篮子里面有的果体不光滑且有许多小疙瘩，我当然不会要这些，终是挑了个又大色泽又光鲜的。表姐见此，笑盈盈地说，你别看有些橘子不好看，但吃起来味道却绝对胜过你拿的这个漂亮的哦。

我不信，随即掰开一尝，味道颇为酸涩，接着便转头去选了个表面有疙瘩的再掰开一尝，果真是应了表姐的话，此橘汁甜味美，好吃极了。

望着橘子，脑里忽然想到忠言逆耳这四个字眼来。联想之前与母亲的争执顿生愧意，一个真心对你好的人才会对你凡事坦率且开诚布公地指出你的缺点，虽然批评的话听起来会刺耳，但这些话对于你的人生却极有益，就像自己父母的教诲一样。

忆起童年时外公就常常提醒我们以后要交友有道，此话不也就和眼下这个橘子是一样的道理吗？一个人外表好坏并非最重要，倘若内心卑劣，那外表再完美也是无济于事的。而反之外表不美，内心却如同疙瘩橘子般甜美，也不失是为一个好橘。

想想不仅是交友，万事万物都是不能光看表面的。

在光怪陆离的世界里，难免渐渐迷失双眼被假象所惑，惑不要紧，最重要的是一时而不是一生，最终是要去分清才行。

离开表姐那里，快步行走在回家的途中，心内一阵释然与轻松，此刻已然明白自己应该怎么样面对母亲了。

原来生活就是这样的，有时看似简单的一件事物会蕴藏着一种人生哲理，只要学会思考，生活里遇到的很多问题也就会迎刃而解。

笑对旧爱

当重遇昔日情人，当看到旧爱挽手他人与你同处某个场合，你会如何做？

看看某女，面带微笑，侃侃而谈，从容不迫。

要知道这帮朋友谁都了解他们彼时旧情，相恋多年，只差一步。

不过此时此景倒让旁人觉得她过得很好，想必对他也早已放下，再无丝毫挂牵。

颇为感触，身为女子，究竟有几人能如此笑对旧爱？

前段时间一死党因男友变心而歇斯底里K了半天歌还不够，之后拉了我陪她回家喝酒，并洒泪删删删，删掉手机中所有与之同拍的相片，还扬言这辈子都视若仇人不会再见。

另一朋友，多年前和一个男人分手，便辞职逃离那个城市，直到现在他在QQ上给她留言，她仍旧无法原谅，一句问她过得好不好，她的鼻子又开始酸，次次上线都要隐身，一副怨妇模样不免暗骂自己没骨气。

她说，细想自己也过得不错，爱情而已，走了会来，没什么大不了。还曾假设过再遇旧爱硬要让他明白自己早已不再爱他。可一旦真的面对，恐怕又要使性子了。

其实，说到底还是因为不甘心，若开始提出分手的是她自己，想必面对结果定不会是以这样的态度，至少不会这般气急败坏。不过话说回来，感情就是这样，一旦出现裂缝，不管谁先喊停这段爱终已覆水难收。

无法面对，无非心有牵绊，如此才不能释怀。有句老话说得好，因爱生恨。他都不爱你了，你干吗还要去爱他？既然不爱了，干吗还要去恨？这样的话，不管自己多么不愿意承认还想着他，对方也能看明白你的确对曾经的爱是放下不的。形同陌路，这样的方式顶多也不过让一个男人暂时愧疚，可转念一想与其这般的鸡肠小肚丢了风度，还真不如让他知道自己有他无他仍旧过得很好，没准儿某天他反而会怀念起旧时光，会暗自遗憾错失一个大度涵养的女人。

我得承认女人天生有份感性，但毕竟不能一味地被它操纵，没有人对你好，那么就自己对自己好一点，在受着别人给予伤害的同时不能再加附伤害给自己。

如果把爱情看成一场赌博，选择放手，彻底与过去做个了断，未尝不是一种胜利。像巧遇旧爱的某女，一脸光艳，谁还会觉得是他不要她？说不定看客还会这样猜想，也许当初是她早就不爱他了，只是念及情分对他不曾开口而已。

笑对旧爱，是一种睿智的表现。用自信的姿态，早已在微笑中骄傲地告知他，别以为我还爱你。

站在时间里
——闲话 A. B. C

想：时间到底是什么？

想：我到底想说些什么？

什么在时间里流逝？生命，爱情，快乐，伤痛，无非都是那么一个结局，记忆从浓转淡，直至真正连一个人的样子都已忘记，总要有点什么吧，当那些曾经经历过的一切变得不再息息相关，还能有什么证明它存在过呢，可以是一件物品，也可以是一些文字。

纪念？这是答案吗？或许是。

如果我说我反复地看着某段至理名言，领悟或者释然，感动或者感慨，那样的刻意或者是显得过于矫情了。

可是我却不愿意违背感觉。

当我有那么一点清醒地认识到自己正在一分一秒老去的时候，请允许我迎视时间，或埋怨或咒骂，或申诉或哭泣，不要逃避，不要真以为有机会逃避。

A

亲爱的你或者亲爱的他，曾经的或者未来的，经过的或者停留的。

我们其实是一样的。

不要试图宽容，因为宽容下的结果无非是委屈求次地留下一道疤给自己。

我想，我不允许自己有这样的伤疤陪同自己站在时间里。倘若要有，那么，亦不应该自己一个人有，至少，是有人一起承受。或者更多。

不要纵容他的骄傲，在爱情里，一旦四面楚歌岌岌可危，就更应懂得自我保护，还会有谁可以比自己更爱惜自己？

最爱自己的人，当然得是自己。

某女说起当初离开他的决绝，说还真是有点残忍。

残忍么？有时端倪出爱情的裂痕，我倒觉得选择残忍是好事。你对他不残忍，很有可能最后就是他对你残忍。

待到多年以后，回过头去看时，只记得当初是不想再看见他，便与之远远脱离，像躲债般，距离越远越好，唯恐有丝毫干系，如此而已，那样最好，未曾为之前是否委曲求全过而感喟，决绝的态度大好过凄凄，淡漠掉的，也便不觉得可惜。

我想是这样的。

B

似乎，我已懒得掩饰自己的劣性了。因为本身就是一个不好的人。我没有太多勤奋去改造自己的不足，将自己磨砺如玉般无暇完美。

厌倦的东西太多，渐渐失去动力，比如爱情，比如语言。

我多情愿在房子里待上一天，发呆也是好事，总比嘻嘻哈哈地口不对心来得简单。

想起上个星期去朋友那里，避无可避地和其他几个女人大谈服饰，有人便秀衣是某名牌最新款，除了感觉颜色粉嫩得比较好看，实在看不出有什么特别之处，甚至觉得样式过于稚气得和她颇不相宜，不过却也虚伪地随旁人附和了一把。

试想假若要硬邦邦地说，衣服其实穿着舒服看起来也舒服就不错了，现在服装牌子那么多，说穿了，若拿牌子和价格衡量一件衣服的感官美和烘托自我品位真是非常做作的事。

不知道此想法随口一出我会不会立刻成了怪物，理智让笑容保持在半热度状态，趁着没有冷却，最后，终是编了个谎话借故离开。

唉。真惧怕以后少了某种控制力。

我不想成为怪物。所以愿意沉默，沉默了，还有谁知道我在想什么？

笑。

C

生活终是要继续的。不能停止，也没有人愿意停止，人一旦成熟，便没有了那种年少痴狂的勇气，那种宁可双飞赴黄泉也不独留人世间的勇敢。

想起当年看了某部电影，头脑发热地说过像电影女主那样可以为他挡死的话，现在忆起，心中的滋味真是无法诠释。

那种拿爱情足以当饭饱的坚持始终是夭折了，十多岁那时以为会是一生，连半辈子都不到，这个念头便犹如水分蒸发成气，连替它悲哀的念头都找寻不到，实属无奈。

人心叵测，没有定数，把握不了的东西，也难怪感觉恍若隔世。

在时间里走，分秒地走，每个脚印都不可重叠，只能往前，无法退后，下一秒怎可抓得住上一秒的自己？

和漂亮男人谈情说爱

和女友聊天时，话题放在了男人身上。她说要找金龟婿，问我的想法。

我不加思量地脱口而出，钱倒无所谓，关键是能不能让我赏心悦目。

女友哈哈大笑，看来你是个拿悦目填肚饱的女人，小心饿死。

我则不以为然，如今这年头，女人又不是除了靠男人养就活不下去了，我一直的观点就是，女人的经济必须独立，再找个美男子谈情说爱，既物质又精神，两者皆可满足虚荣。况且前者掌握在自己手里就如同买了保险，管他后者是去是留。

女友点头，有道理，但就没有一个男人只会爱一个女人的吗？

说实话，这个问题在20岁之前问我，我的答案绝对是坚贞不移的，就如同当时对《梁山伯与祝英台》的爱情确信程度，像我高中时为了一个阳光男孩跟我老妈争得面红耳赤，像被他下了蛊似的还说了今生非他不嫁的白痴性语言。我是打也被打了，关也被关了，搞得最后被迫去了另一个陌生地方念书。唉，也真苦了我老妈。

后来事过境迁回去时，看着他搂着的可爱女孩，心还是有一丝酸楚。其实这也罢了，至少他在我的记忆里仍旧美好。

可他却犯下一个严重的错误，居然约我出去说："我不想伤害她，但我又不想欺骗自己，我还是一直想着你的。"就在那一瞬间，我觉得我的初恋有混浊的成分，难以回味。

上次看某个论坛上的网友说，男人，总有两样东西是越多越好——钱和女人。

看着女友用小匙搅动咖啡，我突然觉得用咖啡来比喻是再合适不过了。

没有加糖的咖啡就如同没有爱情的日子，虽然会涩，但必须学会习惯，等到习惯后咽着也就无所谓了。

而当我们需要糖时，要加也就加优质的糖类，如不然，我情愿品尝咖啡的原汁原味。

王菲不是说过吗，现在的男人都花，所以干脆找个漂亮点的。

之所以喜欢王菲，就是因为她那份淡然与不羁，爱情这玩意，有就有，没有就没有。要有，当然是选择能带给自己精神愉悦的，关于爱情与面包，我在你身上找的就是前者，后者我无所谓，因为我有。

如果这样的话，又有什么不好呢？至少我自己可以把握住许多东西，就算你不遵守游戏规则，我也不必有什么好担忧，拿起红牌直接对你喊"CUT"。

谁说女人就应该期期艾艾，我讨厌某某女作家那千篇一律的矫情做作，简直是在侮辱中国女性，女人如同软弱地像随地踩死的蚂蚁，我甚至怀疑她是不是有自虐的倾向，爱情不哭得个死去活来好像就进行不了，女人失去男人就一无所有，到最后必须为郎自尽。有那么复杂吗？

难怪有句俗话说，女人通常把简单的事情复杂化。

就算这是非常有道理的，今日此时的女人也可以调整心态，把复杂的事情简单化。

所以，爱情也如此简单，我们只要爱的感觉。在充满诱惑的意境里，无须注重什么，单单为心情，不如找个漂亮的男人谈情说爱。

红玫瑰与白玫瑰

早在看此书之前，就听过那段相传甚广的经典名句：也许每一个男子全都有过这样的两个女人，至少两个。一个是他的红玫瑰，一个是他的白玫瑰。

当时还在念书，实在对此话欠缺领悟力，后来故事被关锦鹏拍成电影，为着对某星与此名句的热爱，便想尽办法地买了碟收藏。

一个男人游走在两个女人之间，两个性格截然相异的女人，圣洁的一个给予了名分，热情的一个给予了爱。那时我想，这个男人也太贪心了，真是罪过，白白地浪费着两个如花美眷的大好青春，为着自己的私欲，辜负了两个女人。这是他自己的选择，可为何他却整天一脸纠结着痛苦，还有像孩子一般的失措与无助?

也许振保的形象那时在我心里已经定格，后来每每谈到这个故事，我都对他的行为冠以男人特有的花心本质之说。

后来，认识的一个女孩子，和男朋友交往几年了，20 岁没想太多，激情掩盖一切，当察觉岁月流逝，夜长梦多的她开始暗示明示什么提示都做，可男人就不给那一纸婚书，女孩子还曾与我一起讨论过关于男性恐婚症的问题，没料到，这不久后，男人结婚了，新娘不是她。

女孩哭哭啼啼心存不甘，为什么他愿选他人而不选我？

或许，你只是红玫瑰，娶了你也只能成为那一抹蚊子血，相反，也许明天，你就会成为他心口上一颗朱砂痣。

似乎茅塞顿开，男人在权衡何人可为妻的问题上，总是甚于理智，这也不能怨恼谁，这点理智女人也是会有的，除非是头脑发热宣称爱情大过天的年龄，不然如今对于男人的精心挑细，小心求证又何以得来？

人人都有私欲，这也不单对男人而言，其实娶哪样的女人为妻和嫁哪样的男人为夫，真有异曲同工之处。

我常看到杂志或者电视里相提并论地说，哪几种男人不能嫁，哪几种女人又不能娶，在这个男女同酬的年代，去理解男人心里的两种玫瑰，结果也应该能释然了。

细做探究，不仅仅是现在，早在以前，我们也听过女怕嫁错郎的老话，无非是寓意着女人应该懂得挑选夫君，老实可靠的，或让自己将来衣食无忧的，从长辈的谆谆教诲到听到过来人时不时地说“当初我要是嫁给那谁谁谁也不会像现在”这样的抱怨，也让我们明白择好夫君实乃人生大事，只是选没选好那是后话，至少，我们还是在不自觉中去选了，就如同我们买一件衣服，漂不漂亮是一回事，不能单靠喜不喜欢，最关键的是合不合适。

如果是这样，那么，男人选不选你做他的妻，这点也可以完全释然。

容我大胆一点地说，在思想飞速向前的今天，男人心底还是有处女情结的，就算她不是出生大家闺秀的正品淑女，但他仍旧希望自己的女人贤良淑德，品行端庄，这也不无道理，谁愿意自己每天在外奔波还得提心吊胆担心家里那只玫瑰会不会变成红杏?

当然，也不能说他不选你是因为你是个顾盼流转热情张扬又不够温婉贤淑的女人，但是至少在他心里，的确是有你不可娶的理由，这与爱多爱少无关，由他心底所定的标准而定，名分早就打好了格子，娶了不合适的也会是种心结，只能放弃，那也没办法。

反之想想这也不算是坏事，你也有选择的权利，没有他你也可以选别人，做不成白玫瑰，你也可以不是红玫瑰，掌握不了感情的天秤，至少知道判断和懂得明哲保身，换着是我，当洞悉到一切，我情愿举着白旗撤退，也不会待他认定了我是哪种玫瑰，就一定非要做那种玫瑰。

既然，在婚姻之外的你是可以做选择题的，干吗要放弃这个机会，至于是几选题这个是其次，关键的是，你最后的选择于人生这个考官来说，是画勾还是打叉。

帅哥

某男，一米八的个头，双目炯炯，高鼻薄唇，长相上乘，说得通俗点，帅，很帅。

朋友的朋友，刚从国外归来，姿态颇高，不用朋友介绍，大家也能从他嘴里时不时蹦出的英文单词中获悉他很“洋”，当然，谈到国外的生活，他更是高挑眉头，一幅你们且可有我了如指掌的模样，再几句下来，马上让人明了主题，瞧瞧，人家见识多，就是够酷够拽够有墨水。镀过金的人，实在不一样啊。

是我个人俗气也罢，嗯，这类帅哥，我着实不喜欢。

眉梢眼角无不透露显摆二字，嘴上功夫又太厉害，第一眼不错，但稍做接触，就让我很不舒服。

人帅，家世不错，见识广，你看，都到这份上了，哪还不够引人眼球？

引人侧目光靠长相家世，如果是这样的话，个人建议倒不如跟跟风直接参加某些选秀，那倒是个捷道。

不过帅哥显然更想让人领略领略他的内在美，某某是什么流派的画家，某某剧院的芭蕾舞表演得如何，某某明星最喜欢哪种奢侈品，某某学府在当地是什么样的等级，诸如此类。

是金子总会闪闪发亮，不用靠自个儿宣传，别人也能看到。

或许，他认为这点正是他的闪光点，闪耀之处当之炫耀，他无非要人观赏到他闪闪发亮的东西。金玉其外是好，怕的就是败絮其中，别人都意识到，而本人还浑然不晓，这种事，还是不要别人点拨以正视听才好，拿捏得当，这个的确是一件需要智慧的事。可很多时候，有些人，常常以为见识和智慧差不多。

一样么？个人认为见识可以累积智慧，但见识多少与智慧多少从来不会成正比的。两码子事。

这年头，帅哥很多。

这年头，有智慧的帅哥却很少。

伤痛着美丽

一直很喜欢那部叫《甜言蜜语》的电影。

前几天又重新租来碟片看了一遍。依旧如此牵动心弦，并不十分强烈的哀怨。

这样的感觉却很美好。

以至于影片结束后，对着一片空白的屏幕，仍怔怔地坐在沙发上发呆。似乎觉得并未结束，还应该有些什么。

故事并没有太特别的情节，极为普通。不过是不能开口说话的男主角一直暗恋美丽的女主角而已。因为他的自卑，因为她的完美，所以两人无法穿透彼此隐匿于灵魂深处的情感而走到一起。到最后，当男主角终于了解女主角的心意时，却又为时已晚。

但我深深地感受到它让我有流泪的冲动，冲动而已，我不记得看到最后我到底有没有掉下眼泪。

《甜言蜜语》最后一幕是男主角倒在血泊中，握着话筒，听着女主角唤着他的名字，他想说却无法言语。

这种开不了口去诉说的伤痛其实每个人都有过。

面对着自己心爱的事物，显得苍白而无能为力，想伸手抓住些什么，却怎么也抓不住，只能眼睁睁地看着它飘远、消失。于是，生命里只剩下空泛的期盼和无尽的怀念。

故事的结局很好，我认为。什么东西都是因为不能属于自己时，才会觉得它是如此美丽而珍贵。

遥遥相望的距离是最好的，握在手心里的反而忽略了它的价值。

乖孩子

在公车上，看到一个大人安抚一个小孩，反复地说着，乖。

那小孩子嘟着嘴，虽是样子有些不甘，但也倒安静下来，睁着一双琉璃似的大眼睛，东瞅瞅西看看。

望着他，不禁微笑。只有孩子才能有那么一双清透的眼睛。

除了父母长辈，在某一人眼里，我们也愿是个孩子。

不管经历怎样的繁华喧嚣，在他面前，却愿像个孩子般可爱乖巧；不管历经怎样的尘世风沙，在他面前，却愿像个孩子般单纯明净。

对着他，我愿有一双清透的眼睛。

也许偶尔会闹会不开心，只需他浅浅微笑柔柔耳语，一个乖字，便能遏止一切是非一切不好。

我想成为一个乖孩子。澄净如水，为着一人，在他眼里，甘愿做一个傻里傻气的孩子。幼稚也好，天真也罢，只有一人看得到，一人，仅此一人。

只是，遗憾。我现在所讲的，只限于讲，只限于，此般希望。很多时候，希望与现实却是两码事。

也或许，你曾有过这样的故事。那段日子，你几乎以为，梦已成真。你感恩，上天待你不薄，万千呵护，你被视若珍宝。一切美得不像话，你像拥有了全世界般地满足，你成为一个最快乐最幸福的孩子。当你沉沦其中，当你只想成为一个孩子，不知觉地他却改变了，对你不再捧在手心，不再是耐着性子哄你，你着急了，你变得不再乖巧，你或哭或吵，不管怎样，也始终得不到他柔情深重的那个乖字。

你懊恼地想，怎么会这样？难道自己做错了什么，难道自己已变得不乖了？

这样想的时候，故事也就差不多落幕了。

傻孩子，你不知，乖与不乖不是自己的问题，当他心存爱怜，乖与不乖其实都不重要，因为所有的缺点他都会照单全收，因为包容，因为宠溺，因为他爱你。当爱消失，你无论做得多么好，他也不会再看得见你的优点。在他眼里，你不再是乖孩子。还有什么办法呢？他不再爱你了。

其实，你本来是很愿一直成为乖孩子，只是，他不再给你这个机会了。

死神来了

恐怖片一直是我的嗜好，朋友便叫我去看这部电影。以往国内国外的也看了不少，但除了 N 多年看过的《鬼妻》还真让我心生惧意外，其他仅称得上恶心，基本不觉得真正够得上恐怖二字。

看恐怖片我喜欢关灯看，很多影片中的恐怖画面都是单纯依靠视觉感官上的东西，不在乎其细节是否能扣人心弦。

在我的概念里，好的恐怖片细节是无法推敲得到的，随着剧情延续，必须从点点滴滴渗透，出人意外地达到惊而险，险而恐的地步上去。

此片绝对达到了如此效果——死神来了。

死神来了。

在我起先的判断里，以为又是玩些鬼鬼怪怪或者寻仇之类的不足新奇的伎俩。

凌晨下了这片一看，完全出乎意外，短短的十分钟内，便足以引人瞩目让人心跳加速。

很久没看到这样的好片了。

这里面没有鬼，没有怪，但它似乎又的确是鬼也是怪。它就是死神。

无法预知的死亡，无法得知要领的游戏。

他，她，他们都深陷其中，想要逃离，却是这般力不从心。

死神编了这套程序。只有玩下去，不知道下一步怎样死亡，不知道下一刻是不是轮到自己。

真正的恐怖就是这样的。能有所预知，但又判断不了，终是无法逃离。以为自己胜利，其实仍旧在其掌握之中。

片中有很多经典台词，听起来是荒凉的，看起来是颓靡的，但却是字字诠释着生命，有时生命的确这样无奈。

“死神就像是猫，生命就像是老鼠。”只有猫玩老鼠，没有老鼠掌握猫的。

生命一旦形成就已注定落入一张网里。这张网就是死神。

或许这电影真正叫人“恐”的就是这种洞悉了却全然不知下秒死于哪种非命的残忍。

最后一句总结：凌晨看恐怖片，我被吓到了。

温馨如许
——迷恋这样的男子

陈道明

喜欢他并非因名噪一时的《围城》。倒是念中学时所看的一部片子，他演一个日本军官。片名是不记得了，但内容至今仍是记得的。

犹如才刚刻入脑海的情景：他望向她。这样隐匿着情感，暖暖的眼神流动，终是转化成了无尽的疼痛。他向她举起了枪。

这些，于我是无懈可击的记性。

那时尚不知他有多大的名气，也不知他生活中有哪些花边。就是喜欢，单纯地喜欢。连现在闭上眼都可以忆起影片里他的样子。

呵，这样一个儒雅淡泊的男子。

而如今，气质更甚的他，从《黑洞》到“康熙”，从东方朔到沈澄，好的坏的，一一被他诠释得淋漓尽致。淋漓尽致地，像我的喜欢。

倘若你也喜欢，那么我就不说了。因为我所想如你所想。你也知道了。

方中信

其实早期的方中信，哪怕是票房高高的《天使行动》中的他，也远远不及现在这般让人侧目。

在我的印象里，他是那种穿什么都好看的男子。大抵是当过模特的他有着天生好身材的缘故。这样的男子就算没有一张完美的脸蛋，却实在是无法让人看过就遗忘掉的。

如果说之前无视他的演技，那么从《濠江风云》开始，便得从新审视这个男人。

总感觉他的魅力无穷，无论好坏，都叫人喜欢。除了警察，演得最多的就是黑道中人了。时想，要是自己是《爱在暴风雨的日子》里的黎美娴，为了和当警察的他在一起，应该也会有那般勇敢的；又如果自己换是《洪兴十三妹》中的吴君如或者《新家法》里的杨恭如，也会无可救药地爱上他的，期许着陪他闯荡江湖。

在一段时间里拼命地收集他的碟片，甚至高价去买他的连续剧。

配角不重要，主角无所谓，只要有他，哪怕镜头闪过只在一瞬，也不得不叫人喜欢。

好好地保存着，更舍不得借予人。

看着那些碟片摆满整个 CD 架，连朋友都诧异，问我何以有那么多他的片子?

不去作答，了然于心，这些怎够?

或许他对演戏是专注的，并不像他的感情生活般，他的这份认真倒是掩盖了一切缺陷。

细想来必让人明了许多。毕竟陈淑兰不算是一个漂亮的女子，虽然戏里戏外少了其他女星的做作，但配在这样一个被誉为“香港 Richard Gere”的电眼男人身边，迟早都是错。好在她也是大智若愚，甚是招人喜欢，毫不避讳地携手拍片，坦言仍是好友。不过内心怎样想就不得而知了。至少被爱过的男人赞扬比从前漂亮，虽说心里有酸楚但仍是件叫人快乐的事，起码输给莫可欣也不算是丢脸。

掐指一算，那些围绕在他身边的女子，虽然终是一场梦，但又有多少人怨言不值呢。

试想这样一个风度翩翩的成熟男子站在你的面前，什么都不说，只需浅浅微笑，便足以让你心跳加速，双颊绯红了。

别说普通的我们，就连《越堕落越英雄》中“海味”演的黑道夫人亦是被这样勾了魂。

繁华过后，洗尽铅华的那张脸，如果要说是怎样感觉，那便是他的平静微笑，却让你无法平静地心动了。

他就是一种诱惑，越是淡漠，越是平静，越是诱惑。

如此魅力，稍不留意，就叫人无可救药地恋上这个真名为符力的男子。

去看看他的片子，是否也有如我般感觉?方中信，一个你绝对绝对不可能忽视的男子。

梁朝伟（风沙）

这个世界到底有着怎样的风沙？身处红尘只得任无数风沙掠过，看那一抹的风景像梦境般消逝，终化着一道伤痕，无语地观望后才发觉是一场宿命？

他演过很多电影，部部都卖座，他唱过不多的歌，首首都动听。他是怎样的一个男子？优雅的举止，沧桑的笑颜中暗沉着隐隐的痛，话虽不多，只需一个眼神，便足以让人心动神仪了。

他就是梁朝伟。

和大多数人不同，我却喜欢他的歌多过他的电影。从多年前《为情所困》开始萦绕上耳畔的那一瞬，就已迷恋上这个最讨厌别人说谎的巨蟹座男子。我一直相信他是个对生活虔诚对爱情忠贞的人，不管他的生活里有着怎样的花边。如同现在我一直在听他的《风沙》，网友说这首歌是避无可避地有着商业目的的，我却并不苟同，始终觉得从他口里唱出来的《风沙》，除了歌曲有着别样风味不说，还蕴藏了深深涵义。

“风沙在断枝折花，天涯踩在我脚下，我一路在牵挂，看过眼的繁华，我终于不说话。”于我而言，遍遍反复地讲着的却是一段人生，一种宿命。

许是他已渗透了人生，在浮躁的俗世里，他只愿给灵魂留个小小的空间，真正属于自己的空间。所以他的低调想必也是渴望着疲倦的灵魂在某种光环下得以喘息吧。因为那光环可以是美丽夺目的虹彩，也可以是险恶为祸的风沙。

这个世界到底有着怎样的风沙？相信每个人都定是要面对风沙的，或是真正要经历后方可冷暖自知。

幸运星

在朋友家，他几岁大的小侄女嚷着要他教她折幸运星。

朋友无奈，目光随之转向我，并玩笑话地让小侄女叫我师傅，仿佛早料到我是深谙此事似的。

不过我念书时的确很喜欢做这些小玩意儿。他小侄女倒是聪明伶俐，待我折完几颗后已完全掌握要领。她说，我要叠好1001颗，同学们都说这样就可以实现心愿了。

我微笑着看她，小孩子的快乐总是如此简单。

想必在念书时女生都有过这般叠小玩意的经历，小船或者千纸鹤，又或是像这样的幸运星。有的是为了寄托梦想，有的是为了放在家里做装饰，有的则是送予他人。念书那阵我亦是有过这样的经历，目的是后者。

记得那是暑假，大舅舅把我接到他所在的城市去玩。舅舅的邻居是书画老师，舅舅让我跟着他学书画，我便结识了邻居的女儿小媛，她和我差不多大小，于是我们成了无话不说的好友。

暑假完，我回到自己家，可并未断了与小媛的联系，因离开之前彼此是约定好写信的。

就这样过了大半年，快到小媛生日时我筹划着要送给她一份礼物。送什么好呢？想了很久，我决定亲手折上一瓶子幸运星送给她。

或许也只有那时才拥有某种纯粹的坚持。换做现在，不管怎样一颗颗细心折星，一瓶幸运星作为礼物到底颇为寒酸。就算是现在的小学生，若知朋友生日恐怕早已是去选购能大方拿出手不失面子的礼物了。

还记得当时捧着装有365颗幸运星的透明玻璃瓶很是开心，事至如今回想起来，仿佛也能感受那份捧在手心的美好，非常惬意。将这礼物小心包好邮寄过去后我等着小媛给我回信诉说她的喜悦。就这样等着，却一直再未等到她的信件。

直到后来才从舅舅口里得知，小媛的父亲调走了，而小媛也就离开了那里。

如今忆起这件事来也不禁伤怀。试想要是和小媛没断联系，兴许现在我们还会不时见面聊天，或许只谈谈天气谈谈琐事，就算友情就这样淡淡地延续着也是很美好的事。

事隔多年，不知当初送给小媛的那瓶幸运星还会不会完好如初地被她收藏着，若是那瓶见证着彼此友情的幸运星尚还完好无损的话，置身某个地方的小媛会不会如我想她般想起我来？会不会有所感喟，为这逝水流年，为这不经意间遗失掉的友情呢？假如某天，当缘分再次使我们相遇，是握手欢喜雀跃，还是只得站在原地陌生打量？

虽然时间已是久远，但每每回想起来倒像是昨天发生的事情，仿佛还看到我俩趴在她家的旧式书桌上不小心打翻墨汁的一幕。

是的，时间匆匆，改变的东西太多，唯有心底于某事某物的初衷感觉成为永恒，如同朋友小侄女亲手折的幸运星，倘若保存下来，多年以后，在她回过头去看时已是价值不菲，比什么都来得珍贵。仿佛不曾停歇的时光，却能用某样事物保留且成为了纪念，而当其怀念起经历过的那些美好时，无非也是在怀念那个时候的自己。

等

坐在候车室，因为是客运淡季，旅客并不算多。

候车室的座椅是暗红色，这是我所喜欢的深色，这种深，压抑住了候车的那份躁动，看看时钟，不到九点，时间尚早。

有和我一样独行的人，坐在我的对面，刚坐下便拿出手机，可能玩游戏，可能发短信，也可能和我一样，为了打发等待的时间，写写心情。

真是奢侈，突兀地想，现在倒觉得时间有多可贵了。

倒也奇怪，人总是在某种特定的环境下，才觉得时间有多珍贵，才觉得，以往白白浪费时间的行为是种可耻。

除此之外，还有来送朋友或家人的，眼神流动不舍，坐下来拉着手叮嘱种种，脉脉温情，浓浓暖意。就算是看着，也能感受得到。这种感觉，我很喜欢。它让我明白，不管遇到怎样的不快，总有一些人，站在你的身边，无论你多窘迫，亦是不离不弃。

另有情侣，十指紧扣，或搂腰或深拥，黏缠得亲密无间，分秒不离，好似这空间只有彼此，无谓其他，两人眼里，你只有我我也只有你。或许他们正爱得浓烈，数月抑或数年？肉眼所看，真真是你侬我侬，甚是甜蜜。

当然，这只限于肉眼，只可惜，今朝非永朝，你始终不是他肚里蛔虫，无法随时得知他想法，他紧捧着你的手，也无法保证捧你一生一世，他的深情脉脉，亦可能在转身之后赠予他人。对于恋人，我是不太喜欢形式上的东西。说到痴情深种，一辈子才最重要，若真不舍，不需如此唯恐天下人不知我多爱你，两颗心若真的亲密无间，就算只是远远凝望，相信一人眼里的话，另一人亦能读得出。

写完这字，居然还差半个小时才到点，看来我是来得早了。

若来早，便只有等。

我以为，早到比晚到好，晚到就只能赶下一班，座位也只得往后排，说到底，也是等待，人的一生有多少光景是在等候中过去的？等车时，我们总不免抱怨，其实这世间之事，也都如此，要么早，要么晚，谁又能掐着指头算得刚刚好？

事事皆如意，也只有神仙了。

幻想

有人喜欢幻想，幻想就会演化为理想，于是努力朝着目标奋进，直到梦想成真。

有人喜欢幻想，幻想却只限于幻想，任凭耗着时间怎么费尽心思，也终是一场徒劳。

她的幻想属于后者。当朋友善意提醒她，他的眼神已多出一份暧昧给另一人时，她才后知后觉，原来爱已变质。

爱的美好无非是那种相互迷恋的感觉，需要的是双方共同的感觉。当一方已不能带给对方美好的感觉了，那么恋人的保质期亦开始过去。保质期已过的事物，如果还硬要留下，于人于己有害无益。

爱情不应是自私的占有，不应是牵强的敷衍，不应是愚昧的继续。

发生了就不可以当做未知，既然不能再靠近了，那就远远地离开。至少这个幻想还存有完整部分，至少没有机会完全湮灭破碎。

其实她明白，她能带走的也只有这一点点幻觉的美丽。

多年过去，时间证明离开是正确的选择，时间真的可以淡化伤痛。只是在某个夜里，无意间看到电视里播放《恋人的保存期限》，大抵是 MV 太过煽情，终让她在不自觉中泪出眼眶。

一生一代一双人，每个女子都想象着一生只相守那个人，不想有太多变故与是非，不想与子偕老的柔情只是缱绻在梦里。这个幻想，是一个女子一生最大的梦想，然这个梦想，倘若不能成真，也就只能是幻想了，它与众多幻想不一样的是，就算是痴人说梦，也总叫人乐此不疲。

留住有情人

这是朱丽娅·罗伯茨早期的影片。片子从一开始似乎就隐匿着浓浓的忧伤，在这样撒满阳光的五月天里也能随影片牵动，心里有点沉沉的。

女主角希拉因目睹男友的背叛而离开，后决定自食其力。

第二天，希拉看到报纸上有一则广告招聘看护。渴望找到工作的希拉决定前去应聘，看护百万富翁之子——得了白血病的维克多。

虽然做完化疗后的维克多会有很多不良反应，并时常对着希拉发脾气，但看着眼前这个英俊年轻的男孩被病魔如此折磨，希拉心生怜悯，她一一忍受着他的大喊大叫，仍耐心细微地照顾着他。

病情稍有好转时他也会对着希拉温和地讲话，讲自己以前的点滴，会仰起头对着希拉微笑。那一刻，希拉望着他长长睫毛下那双灼亮的眸子，心被什么牵动了。

渐渐地，维克多爱上了希拉，而希拉看着他似乎好了起来很开心，维克多告诉希拉，他想带着她到一个无人认识的地方生活，希拉同意了。

希拉随着维克多去了一个海边小城生活，她愿意如此简单地守着深爱的他，只是她不曾料到维克多想着要给她一份正常人的爱，向她隐瞒了自己的治疗计划。

随着时间的推移，希拉最终发现了这一切，虽然生气但她没有责怪他的欺骗，反而更加用尽全力地呵护着这段爱。

看到这里，心里有些疼，也有些暖。

如果把爱情看成是有真实生命的，如果给两人在一起的时光加上一个期限，我们是不是会懂得珍惜很多？

不免想起前段时间和同事下班逛街，她男友打来电话约她吃饭，握着手机，她用不耐烦的语调答正逛街没时间，大概是他多问了几句，同事不免有点火大地训斥他很久。

挂了电话，她仍抱怨对方太啰嗦。我不免玩笑似的称她身在福中不知福。

我们总是以为爱情的时间那么多，便随意奢侈，以为总会有个人等在那里，便不觉得珍贵。

听到一个朋友回忆多年前那段感情，说确实是自己当时不够懂事，总觉得对方不再像曾经那么爱自己，于是变得多刺敏感，在无休止的争吵里最终将失去自己深爱的人。

她每每忆起都会内疚遗憾，因为那些无端的吵闹在今日此时看来只不过是为着细微的小事，若是再宽容一点，也许就不会失措到拿伤害当做武器，那的确太过自私。

细想，如果亲手毁掉一段爱，纵然对方不再记恨，自己也会怨恨自己。覆水难收，这是最悲哀的事。

爱情其实就像是握在手心的玻璃杯，脆弱、易碎，需要我们小心翼翼保护。

倘若缝隙一点点密集，终究会演化成残缺。

影片中的希拉也会与维克多争吵赌气，却因为了解对方病情，懂得包容；而维克多也渴望有更多时间与之共度，便懂得将脾气收敛。

影片的结尾很好，风景如画的海边小屋，两人相互依偎而行，一切是非都不再重要，只看见彼此微笑的眼睛，像是诠释着幸福的模样，爱情也在这一瞬间开出最美的花。

我想就算维克多在下一秒死去，希拉和他都不会觉得遗憾，因为彼此认真地经营着这段感情，每一秒都努力用心地把握过。

突然想起那首歌曲所唱到的：“把每天当成是末日来相爱。”

假设今天就是世界末日，假设自己如同影片主角般时间所剩不多，假设相爱只得一天，那么我们会怎么去对待？

也许脾气会改一些，体贴会深一些，宽容会多一些，无论是他还是她，我想是这样的。